UN BOUQUET

DE

FLEURS

Par Mᵐᵉ Fanny FAGUET.

CHATEAUROUX,
Chez Adolphe NURET, Libraire,
ET CHEZ LES PRINCIPAUX LIBRAIRES DU DÉPARTEMENT.

1865

UN BOUQUET

DE

FLEURS

Par Mᵐᵉ Fanny FAGUET.

CHATEAUROUX
IMPRIMERIE ET LITHOGRAPHIE Vᵉ MIGNÉ

—

1865

UN BOUQUET DE FLEURS

PREMIER ENTRETIEN.

Vous vous rappelez, ma chère enfant, que, l'autre jour, en rentrant de la promenade, et tenant dans vos mains cet énorme bouquet que vous veniez de cueillir, vous m'avez demandé le nom de chacune des fleurs qui le composaient. Je me suis rendue à ce désir; mais ce n'est pas là seulement ce que je veux pour vous. Il faut savoir d'abord ce que c'est que la fleur; étudier les grandes œuvres de Dieu, qui n'a pas fait les mots, mais qui a fait les choses, et si admirablement liées ensemble, que, si vous me prêtez un peu d'attention, nous arriverons, je l'espère, au but que nous nous proposons. Nous allons donc travailler; mais, que ce mot ne vous effraie pas; le travail qui plaît ne fatigue jamais, et le courage, d'ailleurs, aplanit bien des difficultés. Et puis, croyez-moi, ce serait le bonheur de votre vie avec lequel vous joueriez, si vous laissiez dormir votre jeune intelligence; c'est en étudiant la nature qu'on se rapproche du créateur; c'est en admirant ses œuvres divines que l'on se forme et qu'on devient meilleur. Et, vous le savez, votre vie doit être un progrès continuel. N'aurez-vous pas, plus tard, des devoirs à remplir, dans cette société dont vous êtes pour nous l'avenir? Comprenez-vous, mon enfant, l'avenir! C'est vous dire que vous êtes appelée à concourir à ce progrès qui nous porte vers Dieu, et que vous devez agrandir les idées et les sciences qui nous ont été données, immense héritage que nous ont laissé nos pères, et qui est le résultat de bien des siècles accumulés.

Voyons-les donc en détail, ces fleurs si jolies;

c'est de ce gracieux ornement de la plante dont nous allons nous occuper.

Comme nous, la plante vit et meurt; vous pouvez bien remarquer sa vie quand vous la voyez, au printemps, se parer de ses belles feuilles vertes, puis de ses fleurs et de ses fruits. Mais quand, au milieu de cette parure brillante qu'étale partout la nature, vous apercevez un arbre dépouillé de feuillage, privé de tout ornement, alors vous dites il est mort. La plante vit donc, et, comme tout ce qui vit, elle doit mourir.

Examinez l'ormeau gigantesque placé près de votre habitation; vous pouvez voir qu'il a des racines qui s'enfoncent profondément dans la terre, un tronc qui, au contraire, s'élève dans l'air; ce tronc se divise en branches, et cette division des branches correspond toujours à une même division des racines; chaque branche a sa racine qui lui est propre. Remarquez dans cet ormeau quelle grosseur a le tronc; ce ne sont pas quelques années seulement qui l'ont amené à ce port majestueux qui fait notre admiration; chaque année, une nouvelle couche de bois vient s'ajouter aux anciennes, et, si l'arbre était abattu, vous pourriez aisément connaître l'époque où il fut planté, puisque chaque couche circulaire de bois indique une année d'existence.

Les racines, dont les ramifications s'étendent à l'infini, vont puiser dans la terre les sucs dont la plante se nourrit; car elle a besoin comme nous d'aliments, et ne vit qu'à cette condition. Un peu plus loin, je vous expliquerai comment et de quelles substances elle se nourrit.

L'arbre vit donc plusieurs années. Quant aux plantes dites herbacées, il y en a d'annuelles, c'est-à-dire qui meurent chaque année; de bis-annuelles, qui ne fleurissent que la seconde année et qui meurent également lorsque leur mission est remplie; car Dieu veut que les espèces ne soient pas détruites, et tous les efforts de la nature semblent se concentrer pour conserver non l'individu, mais son espèce. Il y a encore des plantes, appelées vivaces, qui renaissent par leurs racines, dont chaque année il sort une tige nouvelle. Toutes ces plantes, tous ces arbres sont chargés de feuilles qui, toutes, ont les mêmes fonctions dans la vie de la plante, mais qui, par leur forme, aident encore à connaître les différentes espèces. Ainsi, il y a des feuilles, dites simples, dont le pétiole ou queue n'offre pas de division, et dont la partie étalée, que l'on nomme le disque, est entière ou n'offre que des divisions plus ou moins profondes; telles sont les feuilles du laurier et de la vigne. Les feuilles composées ont un pétiole commun, supportant plusieurs petites feuilles ou folioles; ainsi sont celles de l'acacia, des pois, etc. Toutes ces dénominations, nous les retrouverons quand vous vous occuperez de décomposer chaque plante, et, en les voyant, vous retiendrez mieux, par la mémoire des yeux, ce que vous n'avez fait qu'entrevoir aujourd'hui.

Et dans la fleur, quelle variété pour parvenir au même résultat, concourir aux mêmes fonctions!

Remarquez en passant, chère enfant, que la nature se sert des mêmes principes pour obtenir cette diversité qui fait l'admiration de ceux qui savent voir et penser.

La fleur est formée ou plutôt protégée par l'enveloppe florale, c'est le calice et la corolle, ces beaux pétales nuancés de si riches couleurs, où les effets de la lumière sont répartis avec tant d'art, qu'ils forment de la fleur une chose si gracieuse à voir que je suis tout heureuse de ce que vous aimez à vous en occuper; les fleurs forment le goût, elles inspirent le sentiment du beau. C'est le nid de la plante, c'est là qu'elle abrite ce qu'elle a de plus précieux, ce qui la fera revivre elle-même. Vous avez bien des fois remarqué les nids que construisent au printemps les petits oiseaux; de quel soin, de quel amour est entouré le berceau où s'élèvera la famille! Eh bien! ma chère enfant, la plante aussi a fait son nid d'amour. Ouvrez délicatement les pétales de la corolle, c'est-à-dire les feuilles de votre fleur; ces petits filets déliés, ce sont les étamines; ici, au centre de la fleur, entourée des étamines, voyez-vous cette colonne qui s'élève toute droite: c'est le pistil; sa partie inférieure est renflée et forme comme un petit sac dans lequel sont déposées les graines, ces œufs du végétal, qui se sont formés de l'union intime du pistil et de l'étamine. Voilà ce qui constitue réellement la fleur, dont le calice et la corolle ne sont, je vous le répète, que l'enveloppe. Le calice est la partie ordinairement verte qui entoure la corolle, comme le soutien de ce charmant diadème. Cependant, quelques fleurs, la tulipe par exemple, ne sont pourvues que d'une seule enveloppe, qui garde alors le nom de calice. Ainsi, la tulipe n'a pas de corolle, mais son calice est orné d'une splendeur et d'une magnificence de coloris admirable.

La fleur est ordinairement soutenue par une

petite tige verte, nommée le pédoncule ou queue
de la fleur. Vous verrez bientôt la différence qui
existe entre les fleurs, différence que vous avez
remarquée dans les feuilles et que nous retrouverons dans les graines. Ainsi, regardez la graine
de votre ormeau, elle est munie d'une aile en
forme de membrane. C'est un moyen qu'emploie
quelquefois la nature pour aller ensemencer au
loin. Les graines, munies d'ailes, sont souvent
emportées par le vent à de grandes distances, et
si elles trouvent dans leur parcours un milieu
qui leur convienne, elles ne tardent pas à ger-
mer; et à la place de cette petite graine ailée,
s'en allant au souffle du vent, s'élèvera un jeune
ormeau qui, dans cent, deux cents ans peut-être,
sera semblable à celui qui a servi à nos obser-
vations. Je vous vois étonnée de cet âge; c'est
que, mon enfant, la vie d'un arbre ne se com-
pare pas à celle d'un homme, et pourtant ce n'est
encore qu'un point dans l'immensité des âges.

C'est une chose à laquelle il faut habituer
votre pensée, à savoir que les œuvres de Dieu
sont infinies comme lui. Cela paraît d'abord impossible à comprendre, n'est-ce pas, ce quelque
chose qui n'a pas de fin? Mais, à mesure que
vous agrandirez vos pensées, vous sentirez qu'il

n'en peut être autrement. A votre âge même, on
peut commencer à voir clair. Vous savez que
quand on a appris à se servir d'un instrument,
il devient familier; pour vous aussi alors, la vue
s'étendra comme dans ces horizons sans limite,
dont chaque pas de la science nous révèle des
mondes.

DEUXIÈME ENTRETIEN.

Vous n'avez pas bien compris ma dernière phrase, mon enfant, et c'est ma faute; emportée par le sublime qui nous entoure, j'ai dépassé votre savoir. Et d'ailleurs, pourquoi ne vous parlerais-je que de fleurs? A chaque instant, voyant la relation qui existe dans tout ce qui est créé, je quitte la fleur pour l'étoile, et l'étoile pour le créateur de toutes ces œuvres merveilleuses! La science, dans ses révélations de chaque jour, nous apprend à lire dans le livre mystérieux de la vie, et, si je dis mystérieux, n'allez pas croire au moins que ce soit réellement un mystère. Il ne nous paraît tel que dans l'ignorance où nous

sommes encore des grandes et sublimes vérités.
La nature ne procède pas par mystères et se-
cousses ; elle est régie par des lois immua-
bles dont elle ne se départit jamais. Vous avez
peut-être entendu dire cette vieille phrase à
ceux qui nient les progrès humains : « Rien de
nouveau sous le soleil. » Non, rien de nouveau,
car Dieu ne change pas. Ce qui est nouveau,
ce qui constitue le progrès, c'est lorsque, par
l'effort de notre intelligence, nous parvenons
à saisir ces lois éternelles qui gouvernent les
mondes.

Sans doute on va me dire que je ne vous traite
pas en enfant ; ceci est vrai, mais je crois bien
faire. Il faut savoir tout jeune encore pourquoi
l'on se dirige vers tel ou tel but. Quand on sait
où l'on va, la marche est plus assurée, n'est-il
pas vrai ?

Retournons donc à nos plantes, que nous quit-
terons quelquefois pour aller glaner ailleurs,
dans cette riche moisson des sciences ; car, tout
en respirant le suave parfum de la fleur, nous
pouvons bien remarquer l'insecte qui bourdonne
autour d'elle, la terre qui la nourrit, et toute
cette profusion de détails qui ne font qu'une chose,
la vie.

La plante naît et meurt où l'a placée la nature, et ne peut changer de lieu. Lorsque vous vous occuperez de l'histoire des animaux, vous en verrez quelques-uns, placés dans les derniers degrés de l'échelle, déjà dépourvus de locomotion. Ainsi fait l'huître, pour vous en citer un que vous connaissez; elle vit et meurt attachée au rocher qui l'a vue naître. Mais la plante ne se nourrit pas comme l'animal; ses aliments ne sont plus les mêmes. Ici, je me vois arrêtée; il ne m'est pas possible de vous parler de la nourriture du végétal, avant de vous avoir expliqué comment est composé l'air qui partout entretient la vie sur la terre. Cette masse d'air qui nous entoure a de douze à quinze lieues de hauteur; c'est un corps composé, formé de plusieurs éléments indépendants les uns des autres, ainsi que je vous l'expliquerai. Vous ne le voyez pas, car il est formé de corps à l'état gazeux, et ce mot gaz veut dire esprit, quelque chose d'invisible. Cependant, si vous ne le voyez pas, vous pouvez bien le sentir; le vent n'est que de l'air violemment agité, quelquefois même rien ne peut lui résister. Vous l'avez entendu souvent, à l'approche des orages, se déchaîner avec fureur; ce n'est rien encore. Il y a des pays qui, par leur position,

2

éprouvent des coups de vent si violents, qu'il en résulte les plus grands désastres.

Je vous ai dit que l'air est un mélange de plusieurs gaz; et en effet, il est formé de gaz azote, d'oxygène, d'acide carbonique et de vapeur d'eau. Ces deux derniers ne sont pas des corps simples; on nomme ainsi ceux que l'on n'est pas parvenu à décomposer; ainsi, l'acide carbonique est une combinaison d'oxygène et de carbone, et la vapeur d'eau est une combinaison d'oxygène et d'hydrogène. Ces divers gaz ne se combinent ensemble que lorsqu'une action chimique vient les forcer à faire une alliance, de laquelle il résultera un nouveau corps, bien différent de ceux qui l'auront produit. Je dois vous faire remarquer la différence entre le mot mélange et celui de combinaison; le mot mélange signifie un rapprochement des parties très-petites des corps; il ne produit aucune variété nouvelle, tandis que par combinaison on entend une union intime produisant un nouveau corps où les principes constituants ont entièrement changé leurs propriétés. Ainsi l'azote, qui est très-essentiel à la nourriture de la plante, ne paraît pas assimilable dans son élément simple. Pour être admis à cette union, pour entrer ainsi dans la vie de

la plante, l'azote a besoin de s'unir soit à l'oxygène, et ensemble ils forment l'acide azotique,
soit à l'hydrogène pour former l'ammoniaque,
un des principaux agents de la nutrition du végétal. Ce nom d'ammoniaque lui vient de ce
qu'on recueillait autrefois une grande quantité
de sels à base ammoniacale près du temple dédié
à Jupiter Ammon ; vous savez, ce temple fameux
où Alexandre-le-Grand faillit perdre la raison,
parce qu'il se prit pour un Dieu, le fils même
de Jupiter.

Pour suivre les phénomènes de la nutrition,
examinons maintenant comment est fait le bois ;
coupons cette branche, vous savez déjà que chaque
année a formé une nouvelle couche, celle du
centre est la plus ancienne, les plus nouvelles se
rapprochent de l'écorce. En voici une toute nouvellement formée ; les pores qui existent dans le
bois n'ont pas eu ici le temps de se resserrer.
C'est cette couche que l'on nomme aubier, puis
vient l'écorce ; mais là, contrairement à ce que
vous avez vu du bois, ce sont les couches inté-
rieures qui sont les plus nouvelles ; l'extérieur,
c'est l'épiderme, sous lequel se trouvent les couches corticales, dont l'ensemble porte le nom de
liber, qui signifie livre, et dont le dernier feuillet

se trouve en contact avec l'aubier. C'est dans
ces couches, non encore formées, que se passent
les phénomènes de la vie végétale.

L'arbre a besoin, je vous l'ai dit, pour vivre
et se développer, de recevoir des substances nu-
tritives; elles doivent donc s'introduire dans
l'arbre, comme la nourriture dans le corps des
animaux. Comme les animaux encore, la plante
est soumise à l'acte de la respiration; nous ne
pourrions pas vivre sans respirer, n'est-ce pas?
Il en est de même de la plante. Toutes ses parties vertes, mais plus particulièrement ses feuilles,
sont ses organes respiratoires, qui vont puiser
dans l'air principalement le gaz acide carbonique,
tandis que les racines sont chargées d'absorber
dans la terre les substances propres à la nourriture des végétaux. Ces substances ne peuvent
être reçues qu'à l'état liquide ou à l'état gazeux;
les racines sont dépourvues d'ouverture; elles
n'ont pas, comme les animaux, une bouche qui
laisse passer les aliments dont elles ont besoin;
aussi, elles les pompent par leur extrémité dé-
pourvue d'épiderme, et, par suite, plus perméa-
ble. L'eau est nécessaire à leur existence; c'est
elle qui dissout les substances minérales que les
plantes vont s'assimiler. Vous savez ce que veut

dire ce mot s'assimiler; il veut dire rendre semblable à soi. Les plantés vont donc, avec le secours de l'eau et des gaz, prendre des minéraux,
chaux, soude, potasse, etc., et lorsque l'eau du
sol, toute chargée de ces substances, entre dans
l'arbre par les racines, elle prend le nom de
sève. Cette sève éprouve un mouvement d'ascension; elle monte par les couches de l'aubier, si
le bois est vieux, par tout le corps ligneux, si
la branche est jeune, jusqu'aux feuilles qui, nous
l'avons vu, absorbent dans l'air ces gaz qui,
s'unissant à la sève ascendante, vont devenir
l'arbre lui-même. Voici comment: l'acide carbonique qu'aspire la plante entre par les stomates
des feuilles; les stomates sont des pores ou très-
petites ouvertures, qui laissent entrer l'air; arrivé
là, il s'unit à la sève et la décompose; elle se
change alors en une épaisse liqueur qui prend
le nom de cambium. En cet état, elle redescend
dans l'arbre pour s'unir à lui. C'est surtout par
les couches du liber qu'elle descend, formant sur
son passage des filets ligneux qui apportent à
l'arbre un accroissement. Quand la feuille a reçu
la sève montante, cette sève, entrant par la pétiole de la feuille, s'est logée dans les cellules
de son disque, a rendu à l'atmosphère, toujours

2.

sous l'influence des rayons solaires, l'eau sura-
bondante qu'elle contenait, puis s'est changée au
contact de l'air renfermé dans les feuilles. Une
force chimique d'une grande puissance brise alors
dans l'acide carbonique l'alliance de l'oxygène
et du carbone, celui-ci reste fixé chez la plante,
et l'oxygène est rendu à l'atmosphère. Remar-
quons que ce phénomène n'a lieu que pendant
le jour.

L'arbre s'accroît en hauteur et en largeur si-
multanément. Au printemps, quand la végétation
s'éveille sous les feux du soleil, la sève monte;
elle presse dans son ascension les bourgeons de
l'arbre, ce qui détermine leur élongation. Bientôt
les feuilles s'ouvrent, la plante, sortant de son
engourdissement, reprend ses fonctions; le cambium, à l'aide des filets ligneux qu'il dépose
partout sur son passage, vient solidifier les couches d'aubier et de liber qui maintenant sont
renfermées entre les anciennes couches et les
nouvelles. C'est ainsi que l'arbre a crû en largeur et en hauteur dans une même année; que
l'aubier, dont les pores ont été obstrués, est devenu du bois parfait; que le liber est devenu une
écorce formée, pendant que de nouvelles couches
d'aubier et de liber vont les remplacer.

On admet généralement que les anciennes couches ne servent plus qu'au soutien de l'arbre,
mais cela ne paraît pas prouvé. Vous verrez par
la suite que Dieu ne permet rien d'inutile, et
que, quand un objet a cessé de concourir aux
fonctions auxquelles il était appelé, il est détruit.

Eh bien! mon enfant, avez-vous compris; avez-
vous vu comment se nourrit la plante, comment
elle va au sein des terres puiser les substances
minérales, et comment elle les transforme en
matières organiques, qu'elle accumule dans ses
tissus et qui deviennent ainsi l'arbre lui-même?
Dites, chère enfant, n'est-il pas merveilleux ce
travail qui transforme le minéral en plante! Et
cette plante, servant à son tour d'aliment à l'animal, se métamorphosera aussi elle sous l'influence
de la vie.

Ainsi, le végétal et l'animal ne créent point
de matières organiques; ils se les assimilent, ils
les rendent eux-mêmes; c'est tout.

Je vous ai dit précédemment que les feuilles
et toutes les parties vertes de la plante rendent à
l'air le gaz oxygène qu'elles ont dégagé sous l'action chimique des rayons solaires; le fruit vert
remplit cette même fonction jusqu'à son entier
développement, mais alors pour lui commence

une nouvelle vie. Quand arrive la maturité, il emprunte à l'air l'oxygène, imitant en cela le règne animal. En effet, celui-ci respire l'oxygène qu'il rend à l'atmosphère combiné avec le carbone, et formant ainsi l'acide carbonique que reprendra le végétal, échange admirable dans la nature vivante. Ainsi, transformation continuelle par les moyens les plus simples, voilà la marche de la nature. Avais-je tort de vous dire que vos idées s'agrandiraient en étudiant ces œuvres sublimes? Ne vous sentirez-vous pas grandir vous-même, quand vous aurez compris, par ce qu'il me reste à vous dire, que votre corps n'est qu'un composé de ces mêmes gaz, ayant subi plusieurs transformations? Vous sentirez mieux aussi que notre esprit relève de Dieu, et que le travail est nécessaire pour nous élever à cette haute destinée à laquelle nous sommes appelés.

TROISIÈME ENTRETIEN.

Remontons par la pensée au temps où, par
la volonté de Dieu, la vie se forme sur ce globe
que nous habitons. A cette époque reculée, la
terre ne possédait que des minéraux; la croûte
extérieure de ce sol primitif n'avait pas encore
acquis les éléments, qui permirent à la vie de
s'établir. Nous pouvons toujours voir se former,
sous nos yeux, ces premières productions de
la nature, qui ne sont, à vrai dire, ni des animaux, ni des plantes, mais quelque chose d'a-
nalogue à ces deux règnes. Ce sont de petits
globules de matière vivante qui commencent cette
série des êtres organisés, c'est-à-dire possédant

des organes qui sont les instruments des fonctions auxquelles ils sont appelés.

Dans ces premières ébauches, la nature flotte
constamment d'un type à l'autre. Le mystère
plane sur le point de départ des trois règnes de
la nature. Entre eux la transition est si bien
ménagée, qu'il est impossible de fixer la limite
où commence un règne, où finit un autre. Certains êtres considérés comme plantes prennent,
sous certains rapports et dans quelques individus
de leur espèce, les caractères de l'animalité;
d'autres ont à la fois de l'analogie avec les trois
règnes; ainsi, pour vous citer un exemple bien
connu : le corail a la vie de l'animal, la forme
de la plante, la dureté du minéral.

Les animaux, les plantes, se multiplient pro-
digieusement. La science n'est pas d'accord sur
la manière dont ils se reproduisent. Éclosent-ils
spontanément à l'aide de ces combinaisons chimiques, qui ont lieu continuellement dans l'atmosphère, ou bien, comme tendent à le prouver
de récents travaux, les œufs ou graines préexis-
tants de ces animalcules, voltigeant continuellement dans l'espace, se développent-ils, au contact des milieux qui leur conviennent, pour
recevoir la vie?..... On les nomme *infusoires,*

animaux microscopiques ; et ce dernier nom vous indique assez que la plupart d'entre eux ne peuvent être vus qu'avec le secours du microscope.

Si nous quittons les infusoires, les premières plantes que nous rencontrerons seront les *oscillatoires*, lesquelles sont composées d'amas de tissu verdâtre s'attachant aux pierres, dans les lieux humides. On les nomme *byssus, conferves*. Mais toute trace d'animalité n'est pas effacée chez elles ; à certaines époques de l'année, une cellule s'entr'ouvre et donne naissance au spore ou semence. Pendant quelques instants, ce spore tourne sur lui-même, il se meut à la manière des infusoires, puis se développe en ramifications et augmente ainsi la grandeur de la plante, qui, tout entière, n'est qu'un composé de tissu cellulaire, mou et spongieux. Ce globule vivant dont je vous ai parlé, a reçu, chez la plante, le nom d'utricule, qui veut dire petite outre à cause de sa forme. Lorsque les utricules se rapprochent, se serrent les uns contre les autres, ils perdent leur forme primitive et prennent le nom de cellules. Les byssus ainsi que d'autres plantes de la même série sont entièrement composés de cellules se touchant par leurs surfaces.

Nous voyons aussi, composés seulement de cellules, les *champignons* que bien des naturalistes
rangent dans ces classes mixtes, tenant encore
par quelques points à l'animalité. Voyez, chère
enfant, par combien de phases procède la nature
avant de se fixer d'une manière certaine et dé-
finie. Les *éponges* vont encore nous fournir une
preuve de cette double nature. Au commence-
ment de leur vie, les spongiaires sont semblables
aux infusoires, et, comme eux, se meuvent dans
l'eau ; puis bientôt, oubliant le type supérieur de
l'animalité, les spongiaires s'attachent aux rochers. Dans leur réunion, il n'est plus possible
de les distinguer ; ils forment des filaments qui
les font ressembler à des plantes ; ils ont tendance à tomber plus bas encore en s'incrustant
de minéraux.

Maintenant, toujours dans ces premières géné-
rations, voici les *polypes*. Ici, l'animal est encore
fixé aux rochers ; son piédestal, appelé polypier,
est un calcaire. Les polypes se multiplient en
grand nombre, et dans les mers du Sud, ils forment des îles, des récifs. Quelle puissance chez
ces petits êtres ; ils créent des contrées ! C'est une
preuve, voyez-vous, mon enfant, de ce que peut le
travail persévérant. C'est aussi, par le travail que

l'homme a pu reconnaître la marche de la nature dans l'histoire de la création. Les couches successives des terrains ont été aussi pour les savants comme les feuillets d'un livre, où cette histoire se trouve écrite en caractères qu'ils ont su déchiffrer. Les mers ont plusieurs fois recouvert les continents, et chaque fois, elles laissaient une nouvelle couche de terrain sur celui qu'elles avaient d'abord submergé. Après le départ des eaux, de nouvelles plantes prenaient naissance, et cela a lieu toujours sur les terres nouvellement formées, qui se peuplent aussitôt de végétaux dont je vous ai parlé au système cellulaire. Ainsi, peu à peu, et à mesure que les terrains formés les pouvaient nourrir, les végétaux, se modifiant de plus en plus, en sont arrivés à comprendre cette immense variété de plantes qui couvrent notre globe.

Les naturalistes, pour s'y reconnaître, ont étudié leurs caractères généraux, et d'après cette méthode, dans laquelle il était naturel de faire un groupe de plantes se ressemblant, ils les ont rangées par familles. Chaque plante a donc avec toute sa famille un air de parenté avec lequel vous vous habituerez aisément, quand vous voudrez le remarquer. Mais cette classification, toute

3

naturelle qu'elle est, a demandé bien des travaux. On a d'abord divisé les plantes en trois grandes classes, distinguées entre elles par le nombre de leurs cotylédons (ce sont les premières feuilles qui se montrent, lorsque les plantes sortent de terre). Vous avez pu remarquer que ces feuilles ne ressemblent pas à celles dont la plante sera munie plus tard.

La première classe comprend les végétaux qui n'ont pas de cotylédons et qui sont dits *acotylédonés*.

La seconde classe contient les *monocotylédonés*, végétaux à un cotylédon.

La trosième enfin, renferme les végétaux *dicotylédonés*, ou à deux cotylédons.

QUATRIÈME ENTRETIEN.

Nous allons passer en une prompte revue les plantes *acotylédonées*. Chez elles , pas de fleurs, et le système de reproduction est toujours contenu dans des spores , mot qui signifie semence, comme je vous l'ai déjà dit , en vous parlant des conferves. La série qui suit les conferves est celle des *algues,* dont elles font même partie. Les algues, nommées aussi *fucus* , du nom d'un des genres, sont des plantes vivant dans l'eau de mer. Les longs rubans qui les composent, dans quelques espèces, ou les filaments formés de cellules, dans quelques autres, sont diversement colorés et découpés. Les spores sont contenus dans les cellules des filaments ou des lames membraneuses, et ils apparaissent dans quelques espèces à l'extérieur de ces lames sous forme d'excroissance. Ces plantes sont dépourvues de racines ; les crochets dont elles sont munies, ne sont point ici des organes d'absorption , ce sont de véritables crampons destinés à fixer la plante aux rochers sous-marins. Plusieurs espèces flottent même librement à la surface de l'eau.

Mais ne vous mettez pas en peine de la manière dont ces plantes se nourrissent et dont elles respirent. Les feuilles submergées n'ont point d'épiderme; par conséquent point de stomates. Elles puisent dans l'eau , l'air qui agit directement sur leurs parois. Je ne vous ai pas dit encore, chère enfant, que l'air peut être dissous dans l'eau. La respiration, chez la plante submergée, peut donc avoir lieu de la même manière que chez la plante aérienne. Les poissons, vous le savez, sont bien dans l'eau, et cependant ils respirent ; la seule chose qui soit changée en eux, est l'organe de la respiration. Les animaux terrestres respirent par des poumons, ceux qui vivent dans l'eau, comme les poissons, ont des branchies par lesquelles ils reçoivent l'air qui vient revivifier leur sang ; ces branchies sont ce qu'ordinairement on nomme les ouïes. Les lames ou feuillets qui les composent, de même que la plante submergée, se dessèchent rapidement au sortir de l'eau.

C'est aussi directement dans l'eau que les algues absorbent les matières dont elles font leur nourriture. Deux substances, la soude et l'iode, se trouvent en abondance dans ces plantes qui sont exploitées pour ces produits. Les autres plantes acotylédonées sont : les *mousses,* qui sont abondantes à la surface de la terre, mais qui préfèrent les lieux humides et ombragés; les *prêles,* où déjà se montre plus compliqué l'appareil qui contient les spores, et qui est placé à l'extrémité des rameaux. Ces plantes croissent dans les prairies humides; elles sont de la grandeur de deux à trois décimètres; leur tige est creuse à l'intérieur et fermée, de distance en distance, par de minces cloisons. Des verticilles en forme de petits feuillets, entourent la plante comme des anneaux. Nous trouvons encore dans cette série quelques autres plantes, comme les *charas,* les *hépatiques,* les *lycopodes* et les *lichens*; ces derniers végètent sur les pierres et les écorces d'arbre; ils ont de la ressemblance avec de petits champignons, et, comme eux, contiennent des principes très-nutritifs, qui sont utilisés. Le lichen

3.

d'Islande sert, dans la froide Laponie, à nourrir, pendant le long hiver, le renne, un animal bien utile dans ces stériles contrées. Le même lichen est employé en médecine dans les affections de la poitrine, dont il calme l'irritation ; seulement, comme il est très-nourrissant, on ne l'emploie pas en cas de forte fièvre. Il faut bien, mon enfant, que vous appreniez à connaître les propriétés des plantes. Dieu, en permettant à la fleur d'être belle et gracieuse, ne l'a pas dépouillée de son droit d'être utile. Souvenez-vous de cela.

Viennent ensuite, toujours dans la classe des acotylédonées, les *fougères* aux nombreuses espèces. Les spores sont, chez elles, placés à la face inférieure des feuilles. Vous connaissez plusieurs variétés de fougères, dont les feuilles si délicatement travaillées, si finement dentelées, ou profondément échancrées, en font un des plus beaux ornements pour les massifs de plantes, si recherchées aujourd'hui pour leur feuillage élégant. Dans la zone torride, les fougères atteignent à de grandes hauteurs; les feuilles de quelques espèces, réunies au sommet d'une tige élevée, leur donnent l'apparence d'un arbre. Ici, elles n'ont pas ces dimensions, parce qu'une grande partie de la tige reste couchée et rampe sous terre.

Les plantes acotylédonées sont aussi appelées *cryptogames*, nom formé de deux mots grecs qui signifient mariage caché. En effet, parmi elles, point de fleurs, point de joli nid, où s'élève la graine; car le spore ne peut pas être comparé à une graine; il ne renferme pas de parties destinées à former une tige et des racines. Seulement, s'il tombe sur une surface suffisamment humide, il s'allonge en un tube qui sert de racine à la plupart de ces plantes; puis en même temps, en sens inverse, s'élève une tige composée de cellules unies entre elles.

Les vaisseaux, qui sont une série de cellules superposées, et dans lesquels circule la sève avec plus d'action et de facilité, ne commencent à paraître que dans les fougères, prêles et licopodes; ils n'ont pas encore cette forme cylindrique, ni cette continuité qui leur permet, chez les cotylédonés d'emporter la sève sans obstacles; ici le tube, qui est aplati, n'est pas continu : ce sont des vaisseaux indépendant les uns des autres.

La tige de quelques fougères, une fois formée, émet des racines adventives. On appelle racines adventives, celles qui se produisent sur les tiges et les rameaux; ainsi les racines des boutures sont adventives. Le simple contact avec la terre

humide fait émettre ces racines; quelques arbres
même n'ont pas besoin de ce contact. De leurs
rameaux supérieurs s'échappent des racines qui
se dirigent vers le sol, s'y implantent et reproduisent des tiges, puis encore des racines. Les fougères sont donc du nombre des végétaux qui
émettent naturellement des racines adventives. Le
tronc de ces plantes est élancé et d'un diamètre à
peu près égal dans toute sa hauteur.

Les couches concentriques, dont nous avons si-
gnalé l'existence dans l'arbre que nous avons exa-
miné pour connaître la structure du bois, n'existent pas chez les acotylédonés à l'intérieur de leur
tige. Les faisceaux sont dispersés dans toute la
tige, et dessinent dans le voisinage de l'écorce
un cercle unique, plus ou moins irrégulier.

Chez les *monocotylédonés*, dont nous allons
parler, nous ne trouvons pas non plus de cercles
concentriques; les faisceaux sont disposés comme
sans ordre. La tige des arbres monocotylédonés
offre la même grosseur de la base au sommet de
l'arbre. La solidité du bois que vous avez vue
s'augmenter de la circonférence au centre, dans
un arbre de cotylédoné, est, chez un arbre mono-
cotylédoné, directement opposée, car c'est à la circonférence que le ligneux présente la plus grande

solidité. Les arbres de cette classe manquent dans nos climats. Les plantes monocotylédonées y sont toutes herbacées; la graine développe un cotylédon; les feuilles sont simples et presque toutes à nervures parallèles et longitudinales. Ce sont ces végétaux qui vont nous occuper maintenant. Ai-je besoin de vous annoncer qu'un brusque changement ne se fit pas sentir tout d'abord? Non, n'est-ce pas? Vous savez déjà que ce n'est pas ainsi que procède la 'nature. Aussi, voyons-nous apparaître les premières monocotylédonées avec une ébauche de fleur, un indice seulement de cotylédon, plantes aquatiques pour la plupart. Nous les passerons, pour arriver plus vite à deux familles de végétaux moins remarquables encore par leurs fleurs que par les immenses services qu'ils nous rendent, et qui vont être pour nous le sujet d'un nouvel entretien.

CINQUIÈME ENTRETIEN.

Ces deux familles sont les *cypéracées* et les *graminées* qui, toutes deux, tapissent presque exclusivement les prairies où elles sont connues sous le nom général d'herbes. L'une et l'autre ont une tige souterraine de laquelle s'élève une tige aérienne. Une différence entre elles se présente d'abord dans la construction de leur tige. Celle des graminées est creuse, et, de distance en distance, présente des nœuds ou renflements d'où partent les feuilles ; de plus elle est cylindrique. Celle des cypéracées est souvent triangulaire, pleine, et les nœuds qu'offrent les graminées n'existent plus chez elles. Les feuilles de ces deux familles ressemblent à de longs rubans. Ces plantes s'emparent d'une grande quantité de silice, un minéral, principe des silex, des sables, des grès; elles lui doivent la rigidité dont la tige et les feuilles sont douées; elles sont coupantes et si dures, qu'une graminée des pays chauds, le bambou, fait feu au briquet.

Quelques-unes vous sont particulièrement connues; elles sont cultivées sous le nom de céréales; c'est vous nommer le froment, l'orge, l'avoine, le maïs, que les Grecs disaient tenir de la déesse Cérès, d'où leur vient leur nom.

Les fleurs de ces deux familles, réunies en épis ou en épillets, n'ont rien de remarquable. Mais beaucoup de graminées, de celles mêmes de nos climats, ont une odeur vive et pénétrante. Une graminée, l'andropogon muricatum, a une racine odorante, connue sous le nom de vétyver. On s'en sert pour parfumer le linge et pour chasser les insectes. Elle n'est pas de notre climat, et ne peut être cultivée dans notre pays qu'en serre chaude. On récolte la racine, qu'on humecte et qu'on fait ensuite sécher à l'air libre; c'est alors qu'elle laisse échapper le principe odorant dont elle est douée. Une autre graminée, le gynerium argenteum, ou herbe des Pampas, décore magnifiquement les jardins par ses tiges hautes quelquefois de deux mètres, et terminées par une panicule argentée et soyeuse.

Mais ce qui mérite le plus de nous arrêter avec les graminées, ce sont les graines. Les céréales tiennent le premier rang parmi les plantes alimentaires; c'est pour cela que nous choisirons leur graine, pour l'étude que nous avons à faire sur cette partie de la plante. C'est dans la graine qu'est déposée, en germe, une plante semblable à celle qui l'a produite. Vous vous rappelez que les gaz, unis à quelques minéraux, dissous par l'eau et entraînés avec elle dans la plante, forment les tissus des végétaux.

Les minéraux ne sont pas, croyez-le bien, pris au hasard ou indifféremment; la plante n'absorbe que ceux qui lui sont utiles. Ainsi, pendant que les feuilles et la tige d'une graminée s'emparent de la silice, la graine a cherché les phosphates; ce sont des sels minéraux qui font la base des parties solides du corps des animaux, des os et des cornes. Déjà, vous avez vu deux substances minérales, la soude et l'iode, engagées dans le tissu des algues. Les minéraux ont une grande influence sur le végétal qu'ils solidifient.

4

Si vous regardez brûler le bois placé dans une cheminée, c'est-à-dire dans un courant qui amène à lui beaucoup d'air, vous le voyez s'enflammer; les charbons deviennent ardents, puis, peu à peu, ils s'éteignent, ne laissant que des cendres. Eh bien, ces cendres, c'étaient les minéraux que la sève avait entraînés avec elle dans les tissus de l'arbre; le feu n'a pu les détruire, ils sont restés les mêmes. Quant au végétal, il a complètement disparu. En s'unissant à l'oxygène de l'air, le charbon a formé de l'acide carbonique, qui s'est envolé par le tuyau de la cheminée. L'oxygène et l'hydrogène sont partis aussi sous forme de vapeur d'eau. Ces gaz, libres maintenant des combinaisons qui les tenaient unis, retournent dans la masse atmosphérique, d'où plus tard ils seront rappelés pour se mêler à de nouvelles vies.

Les substances qui composent essentiellement les plantes, renferment, pour la plupart, du carbone, de l'oxygène et de l'hydrogène, et on les a nommées matières ternaires, à cause des trois corps qui les constituent. Si à ces trois gaz s'unit l'azote, elles s'appellent composées quaternaires.

Ouvrez un grain de blé, vous apercevez facilement le germe de la nouvelle plante. Autour de ce germe est la farine avec laquelle nous faisons

le pain; elle est composée de deux substances,
d'amidon et de gluten.

L'amidon est une matière ternaire composée
ainsi :

     12 parties de carbone pour
     10   —   d'hydrogène, et
     10   —   d'oxygène.

L'amidon est insoluble dans l'eau froide; il ne
fallait pas, en effet, que la petite plante pût périr
au contact de l'humidité, ce qui serait arrivé par
la destruction de cette farine, mise en réserve
pour sa nourriture première. Partout vous retrou-
verez cette sagesse divine occupée de la conser-
vation des êtres qu'elle a créés.

Quand, placé dans un milieu favorable à la
végétation, la vie va s'éveiller dans le germe de
la plante, un ferment se produit autour de l'embryon; ce ferment est nommé diastase, ce qui veut
dire séparation. En effet, sous son influence, l'a-
midon se sépare des substances insolubles avec
lesquelles il est mêlé, se dissout lui-même et se
change en un sirop que pompe le germe ou embryon. Ce sirop a reçu le nom de dextrine; il est
composé comme l'amidon. Quand l'acte de la ger-
mination se prolonge, la dextrine se change en
sucre; là, l'hydrogène et l'oxygène sont dans une

proportion un peu plus forte que dans l'amidon ;
ce sucre lui-même, placé dans une nouvelle condition, deviendra de l'alcool. La nature montre
ainsi sa toute-puissance ; elle a formé une substance, et par un simple changement dans le nombre des parties des corps constituants, elle en a eu
assez pour passer de l'amidon à l'alcool.

Les matières ternaires forment une grande partie
du végétal. La jeune plante, incapable par elle-
même de chercher sa nourriture, trouve ici des
tissus organiques tout préparés ; c'est ainsi qu'est
disposée cette première nourriture dans l'œuf de
l'oiseau, dans le lait de la mère chez les animaux
supérieurs. Les tissus organiques, dans le corps
des animaux, sont toujours des matières quaternaires avec diverses autres substances, dont le
nombre augmente à mesure que l'animal se per-
fectionne. Ainsi, pour qu'une substance soit propre
à former le corps des animaux, il faut qu'elle
contienne de l'azote. Les aliments ternaires ne sont
pour eux que des matières de combustion ; en se
brûlant, ils fournissent cette chaleur que nous de-
vons toujours entretenir en nous. Vous avez vu le
bois enflammé se consumer par l'action qu'exer-
çait en lui l'oxygène de l'air ; eh bien, introduit
dans les poumons, par l'acte de la respiration,

l'oxygène, qui, en brûlant les aliments absorbés, en prépare une partie à devenir l'animal lui-même, brûlerait les organes, s'il ne trouvait pas les matières qui doivent servir à la combustion.

C'est là une question de vie ou de mort pour l'animal ; aussi l'estomac sait bien de lui-même avertir quand il faut renouveler les provisions, et il le fait d'autant plus souvent que ses provisions ont contenu moins de principes azotés, ou que le travail de l'individu a été plus grand ; dans ce dernier cas, le feu, étant plus actif, a plus vite fini son œuvre.

Le gluten, cette autre partie que renferme la graine, contient une assez forte proportion d'azote uni aux trois autres gaz, qui déjà composent l'amidon. Cet azote que vous avez vu s'engager, combiné dans le tissu des plantes, a besoin de subir de plus grandes transformations encore avant d'être compris dans les tissus animalisés. C'est donc dans le règne végétal que se construit l'organisme de l'animal, et c'est le gluten ou fibrine, l'albumine et la caséine, trois matières azotées, formées dans les plantes, qui, absorbées par l'animal, forment tous ses tissus. La caséine cependant, je dois vous en avertir, ne se trouve que dans le lait. Mais, quoique différentes dans leurs

propriétés, ces matières sont néanmoins parfaite-
ment identiques dans leur composition ; c'est-à-
dire qu'elles contiennent dans une même proportion l'hydrogène, l'oxygène, le carbone et l'azote ;
ce qui ne doit pas vous surprendre maintenant que
vous avez vu l'amidon et la dextrine si parfaite-
ment semblables.

Les phosphates qu'a puisés la plante, sont restés dans l'enveloppe de la graine ; c'est ce qui
forme le son. Sachez seulement qu'avec sa matière
ligneuse, le son contient encore une assez grande
quantité d'amidon et de gluten ; c'est pour cela
qu'il sert encore à la nourriture des animaux, et
que, depuis quelques années, on fait des essais
pour l'admettre avec la farine dans la confection
du pain.

SIXIÈME ENTRETIEN.

Enfin, la jeune plante est née! Son embryon, en se développant, a percé l'enveloppe de la graine; la radicule, petite racine, apparaît; elle commence à puiser directement dans le sol; la petite tige s'allonge aussi, emportant avec elle les cotylédons, qui contenaient dans leurs tissus la nourriture première du germe naissant. Bientôt ces cotylédons se dessèchent et tombent; la plante est alors assez forte pour se suffire à elle-même.

Regardez les dahlias que vous avez plantés au printemps avec l'espoir de leur voir de si brillantes fleurs quelques mois après: les tiges se sont allongées, elles sont vertes et bien portantes, mais le tubercule que vous aviez placé dans la terre et qui les a nourries est maintenant ridé, desséché; sa vie est partie dans la leur.

Une chose qui caractérise les monocotylédonées, c'est que toutes les parties de la plante sont au nombre de trois ou un multiple de trois, tandis que ce sont des divisions par cinq que présentent généralement les fleurs des dicotylédonées. Dans la famille des *orchidées* vous pouvez voir ces divisions ternaires. Vous connaissez quelques variétés d'*orchis* sous le nom de pentecôtes, nom qui leur vient de ce qu'elles fleurissent vers l'époque de l'année où cette fête a lieu. Ce sont des fleurs à six divisions; les trois supérieures sont voûtées en forme de casque; les inférieures ont deux divisions rapprochées ou étalées en forme d'ailes; celle du centre se rejette en avant, elle porte le nom de labelle, parce que, par cette disposition, la fleur paraît avoir des lèvres. Souvent le labelle se termine en éperon à sa base: sa forme, sa couleur bien différente des autres parties de la fleur, lui donnent ce cachet étrange et bizarre qu'elle possède, et qui, dans les *ophrys*, genre voisin des orchis, offre un aspect plus singulier encore.

C'est dans les pays chauds que les orchidées

atteignent toute leur beauté. Quelques-unes s'implantent dans les troncs d'arbres à de grandes hauteurs, non à la manière de notre gui, qui plante ses racines dans l'arbre même, et vit de la propre vie de celui-ci; c'est un parasite qui se nourrit de ce que les autres se sont amassé. L'orchidée n'agit point ainsi : sa graine, extrêmement fine, emportée par le vent, germe partout où elle trouve assez de nourriture, dans les fentes, dans les creux d'arbres, s'il s'y trouve un peu de terreau. Ainsi penchées, si bizarres et pourtant si belles, elles ont attiré les regards, et leur culture en serre chaude est devenue l'objet de bien des soins.

De la racine tuberculeuse de quelques espèces, on retire un aliment très-nourrissant connu sous le nom de salep. La vanille, dont le suave parfum nous est si bien connu, est le fruit d'une orchidée.

Des plantes voisines de cette famille sont les *arum,* dont quelques-uns sont cultivés pour leur beauté; celui qui vient naturellement dans nos climats est connu sous le nom de moine ; ce nom, il le doit à une expansion foliacée nommée spathe, qui l'enveloppe comme le capuchon d'un moine. Aux fleurs succèdent des baies rouges dont chacune contient une graine.

Les *iridées*, les *amaryllidées* et les *liliacées*, trois familles composées de fleurs charmantes, ont un périanthe à six divisions (on nomme périanthe l'enveloppe florale), trois ou six étamines, un ovaire à trois loges. Les iris, les glayeuls, les amaryllis et les narcisses appartiennent aux deux premières familles. C'est chez les liliacées que le périanthe atteint les plus brillantes couleurs. Les lis, les jacinthes, les tulipes, les yuccas magnifiques dont les feuilles sont quelquefois longues de plus d'un mètre, et dont la hampe ou tige est garnie d'un nombre infini de fleurs charmantes, sont toutes les décorations splendides des parterres. Parmi celles qui croissent sans culture, on trouve les tulipes, qui sont assez rares, les jacinthes, dont la couleur est alors toujours bleue. Une bien charmante liliacée, qui se rencontre dans les prés et dans les bois humides, c'est la fritillaire, dont la fleur penchée est panachée de petits carreaux ou losanges blancs et violets en forme d'un damier.

Autrefois, on formait des familles particulières de plantes classées maintenant parmi les liliacées; tels sont le muguet, qui se trouve dans les bois, le fragon, petit houx, l'asperge, etc.

Quoique les *palmiers* n'aient aucun représentant

dans nos contrées, je ne puis les omettre en vous parlant des monocotylédonées. Cette grande famille rend d'immenses services aux habitants des pays où croissent ces végétaux. Leur bois, leurs feuilles très-longues et très-dures, servent à la construction des cabanes et de divers ustensiles. Beaucoup d'espèces contiennent des aliments précieux; dans le tronc de l'arbre abonde une fécule qu'on en extrait sous le nom de sagou. Comme toutes les fécules, celle des palmiers peut se changer en sucre, ou donner des boissons fermentées. Le produit des palmiers ne s'arrête pas là : les dattes, le coco, des huiles en abondance, mettent ces végétaux au premier rang des plantes utiles.

Nous remarquerons aussi les *joncs*, dont les tiges sont flexibles et non cassantes, ce qui permet de s'en servir comme de liens et leur a valu leur nom, qui signifie, en latin, joindre, lier. Leurs fleurs, réunies en grand nombre, forment de petits épillets sur un support commun; ce mode d'inflorescence est connu sous le nom de panicule. Parmi les plantes croissant dans l'eau, et qu'à tort on désigne communément sous le nom de joncs, on voit le butome, ou jonc fleuri. La fleur rosée a un périanthe à six divisions; les étamines sont au nombre de neuf. C'est toujours,

vous le voyez, le nombre trois ou ses multiples.
Le butome fleurit en juin, dans les rivières tran-
quilles et dans les étangs. Près de là fleurit la
sagittaire, dont la feuille en forme de fer de flèche
lui a valu son nom, du mot latin *sagitta,* flèche.
Les fleurs que vous avez vues jusqu'à présent ont
des étamines et des pistils réunis; chez la sagittaire ces organes sont séparés sur des fleurs différentes. Celles qui portent les étamines sont
groupées à la partie supérieure de la tige de la
sagittaire; tandis que c'est à la partie inférieure
que sont placées les fleurs contenant le pistil, qui
se compose de l'ovaire, partie inférieure où naî-
tront les graines; du style, espèce de colonne qui
le surmonte, et du stigmate, épanouissement qui
termine le style. On donne le nom de monoïques
à toutes les plantes chez lesquelles ces organes
sont séparés sur des fleurs différentes, placées cependant sur le même pied. Quelquefois les fleurs
contenant les étamines sont placées sur un individu, tandis que les fleurs qui contiendront les
graines sont placées sur une autre plante de la
même espèce; celles-ci prennent le nom de dioïques; les fleurs qui contiennent les graines sont
nommées fleurs femelles, et l'on appelle fleurs
mâles celles qui n'ont que les étamines.

Une remarque que vous avez dû faire, mon enfant, c'est que les colorations de la fleur n'offrent plus la teinte verte des feuilles, et pourtant la fleur n'est formée que de feuilles modifiées. Les feuilles doivent cette couleur verte à une substance nommée chlorophylle, qui se produit sous l'influence directe de la lumière, par l'action immédiate de la fixation du carbone dans leur tissu.

La plante est le réservoir où vient puiser le règne animal dont la dépense de combustion est immense. Mais, dans plusieurs phases de son existence, notamment pour produire ses graines, la plante elle-même a besoin de cette combustion. Alors, elle brûle du carbone à la manière des animaux, et elle exhale de l'acide carbonique, résultat de l'alliance du carbone avec l'oxygène que la plante puise dans l'air. Ainsi donc la chlorophylle, principe de la couleur verte des plantes, n'existe plus chez la fleur. Quand elle s'y retrouve, c'est seulement vers sa base.

Cette respiration de la fleur vous montre combien peut être dangereuse l'habitude qu'ont quelques personnes de mettre des plantes en fleur dans les appartements, puisque ces plantes, en respirant l'oxigène, peuvent occasionner les mêmes accidents qui résulteraient de l'agglomération

d'un nombre de personnes réunies dans un salon
dont les dimensions ne seraient pas en rapport
avec la quantité d'air nécessaire à chacune d'elles
dans un temps donné.

Ce n'est pas seulement en formant sa graine,
en mûrissant son fruit, que la plante emprunte
ainsi la respiration de l'animalité; en l'absence
de la lumière, elle agit de même. Aussi, elle perd
de sa chlorophylle, et s'éteint même complètement, quand elle reste longtemps dans l'obscu-
rité. C'est sur la connaissance de ce fait qu'est
fondé le procédé qu'emploient les jardiniers pour
blanchir et attendrir des plantes, leurs salades,
par exemple, qu'ils privent de carbone par le
manque de lumière. La nuit, qui les en prive naturellement, agit de même, et elles respirent l'oxygène. Mais pour cela, n'allez pas croire que,
semblable à Pénélope, la plante efface la nuit ce
qu'elle a construit le jour; il n'en est rien : dans
le demi-engourdissement que produit sur elle
l'absence de lumière, la plante n'exhale que peu
d'acide carbonique en comparaison de celui qu'elle
a reçu le jour.

SEPTIÈME ENTRETIEN.

Les plantes *dicotylédonées* vont maintenant nous occuper. Mais le voici déjà bien gros, notre bouquet ; et bien souvent, n'est-ce pas, votre cœur reconnaissant a remercié le Créateur des dons qu'il a si généreusement distribués à tous. Devant ce permanent équilibre des choses, n'avez-vous pas senti, plus vive, cette solidarité qui nous lie ; étroite alliance de la nature, hors de laquelle on peut longtemps chercher en vain le bonheur et la tranquillité. Mais laissons de côté ces idées dont vous ne pouvez encore connaître l'importance, et voyons nos plantes dicotylédonées, dont la famille des *conifères* va nous ouvrir la série.

Les conifères sont des arbres connus plus particulièrement sous le nom d'arbres verts, parce
que leurs feuilles, en lames étroites ou en forme
d'aiguilles, conservent tout l'hiver leur couleur
verte. Quant au nom de conifère, il leur est donné
de la forme en cône non-seulement de l'arbre lui-
même, mais de son fruit, ainsi que vous le pouvez
voir chez les pins et les sapins. Ces arbres sont
dioïques; les fleurs en sont petites et peu appa-
rentes. Leur bois est employé à divers usages. On
en extrait la résine et tous les produits qui en dé-
rivent. Ces arbres sont ceux qui s'avancent le plus
loin dans les contrées septentrionales, dont la ri-
gueur du climat tue les autres plantes; aussi for-
ment-ils l'essence des forêts du Nord. Par la même
raison, ce sont eux qu'on retrouve les derniers sur
les hauteurs glacées des montagnes.

Voici plusieurs familles de plantes monoïques,
ayant toutes pour caractère général des fleurs en
chaton. Dans cette disposition, les fleurs sont placées sur un pédoncule commun, et chacune d'elles
est adaptée à l'aisselle d'une écaille. Le chaton
est plus ou moins allongé selon les espèces. Ce
sont les fleurs mâles qui sont ainsi placées; les
fleurs femelles sont solitaires. Presque tous les
arbres de nos forêts fleurissent de cette manière : le

chêne aux longs chatons pendants, qui a pour
fruit le gland connu de tout le monde; le saule,
le noyer, le peuplier, le platane, le hêtre, le noisetier, dont les fleurs printanières paraissent dès
février. Les fleurs mâles sont en chatons très-
allongés; les fleurs femelles ont deux styles rouges
apparents. Ces arbres sont tous d'une extrême utilité. Leurs bois servent à différents usages et sont
presque les seuls que nous employions. L'écorce
de quelques-uns sert à tanner les cuirs; les fruits
du châtaignier contiennent une abondante fécule;
et des fruits du noyer, du noisetier, du hêtre, on
extrait des huiles.

Dans la famille des *urticées,* se trouve pour
type l'ortie aux fleurs dioïques ou monoïques. Les
poils dont cette plante est couverte causent une
vive douleur, déterminée par un liquide caustique
qui est contenu dans le poil même; ce poil est un
tube arrondi en bulbe à sa base. Cet effet brûlant
de l'ortie ne devrait pas cependant éloigner de
nous cette plante utile et jusqu'ici tant dédaignée.
Ses feuilles sont des premières à paraître au printemps; les animaux en sont friands. L'ortie serait
d'une précieuse ressource si on la cultivait pour
cet effet; de plus, la grande tenacité des fibres de
son liber la rend susceptible d'être tissée en fines

étoffes. Mais, je vous l'ai dit, les préjugés, toujours funestes parce qu'ils éloignent de l'examen
des choses, font reléguer l'ortie au nombre des
plantes proscrites. Partout elle pousse pourtant;
on dirait qu'elle cherche à se faire connaître,
à vaincre la routine; mais toujours on l'immole
impitoyablement.

Cette propriété de l'ortie de pouvoir être con-
vertie en étoffe se retrouve dans le chanvre, de la
famille des cannabinées. Celui-ci est employé, car
vous savez qu'on fabrique des toiles avec ses fibres, après avoir fait rouir ses tiges. Les fleurs du
chanvre sont dioïques : sa graine, nommée che-
nevis, contient de l'huile; ses feuilles renferment
un principe narcotique très-prononcé. Ne vous
est-il pas arrivé quelquefois d'éprouver un violent
mal de tête dû à l'odeur particulière qui se dégage
des chenevières pendant l'été?

C'est avec les feuilles du chanvre qu'on récolte
dans l'Inde que se prépare une substance nommée haschich ; elle est narcotique, et prise à l'intérieur elle produit les hallucinations, les rêves
étranges que causent ces poisons. Hélas ! ces rêves
qu'enfante aussi l'opium, cet autre narcotique extrait de la capsule du pavot, éteignent peu à peu
l'intelligence dans ces cerveaux affaiblis, brisés.

Plaignez les malheureux plongés dans ce désordre de l'idée, où l'homme ne s'appartient plus. Vous connaissez l'histoire du Vieux de la Montagne, de ce Jean de Brienne qui ne fut roi de Jérusalem que de nom, alors que cette capitale venait de tomber au pouvoir des Turcs. Jean de Brienne, dont les mauvaises passions causèrent tant de maux, s'était érigé sur le mont Liban un tribunal ; de là, il envoyait la mort à ceux qu'il avait condamnés. Pour cela, il se trouvait avoir des disciples entièrement dévoués à ses ordres. Nulle crainte ne les retenait, tant ils étaient persuadés de la récompense qu'ils recevraient après la mort pour toute une vie de crimes. Terrible effet du désordre des idées, qui entraîne au mal en essayant le bien. Pour les gens de Brienne, cette funeste erreur était, dit-on, produite et entretenue à l'aide du haschich. Mais laissons là le chanvre et son terrible poison. Je préfère notre ortie, dont les hommes, du moins, n'ont pas encore abusé.

Une plante grimpante, le houblon, dont les fleurs sont dioïques, est de la même famille que l'ortie. Il est employé dans la fabrication de la bière.

La famille des *morées* présente les genres

mûrier et figuier. Le suc laiteux des figuiers est employé utilement, après avoir subi plusieurs préparations. Ce produit, connu sous le nom de caoutchouc, peut être donné par plusieurs autres plantes de différentes familles dont le suc est laiteux. Le genre mûrier a aussi une grande importance ; c'est avec la feuille du mûrier blanc que se nourrit l'insecte nommé ver-à-soie. Les cocons qu'il file pour s'en entourer pendant le repos où, changeant de forme, le ver se fera papillon, produisent, travaillés par l'homme, ces étoffes si brillantes que vous connaissez, et qui sont l'une des plus belles industries de notre France. Les fleurs du mûrier sont en chatons monoïques.

Les *euphorbiacées,* que nous allons voir maintenant, ont presque toutes un suc âcre et laiteux qui, légèrement irritant chez quelques espèces, devient chez d'autres un dangereux poison contenu plus ou moins abondamment dans l'écorce, les feuilles, les racines et les graines. Le ricin ou palma-christi, l'ipécacuanha et quelques autres sont employés en médecine. C'est une euphorbiacée, le janipha, qui produit le tapioca, fécule que l'on dégage des principes vénéneux contenus dans la plante. Le mancenillief, dont on cite le poison mortel, est de cette famille. Du suc laiteux des euphorbes on obtient aussi le caoutchouc. Un arbre qui croît en Guyane, le siphonia élastica, contient en abondance cette gomme élastique. On retire aussi des principes colorants de quelques euphorbiacées. Le principe vénéneux contenu dans ces plantes est plus fortement accentué dans les euphorbes des régions tropicales que dans ceux de nos climats, qui peuvent cependant occasionner de graves dangers.

Un euphorbe que vous connaissez, car il croît dans tous les lieux cultivés, les vignes et les jardins, le réveille-matin (euphorbia hélioscopia), peut vous donner une idée de la forme des fleurs de cette famille, qui sont monoïques.

Les *laurinées* comprennent les lauriers, parmi lesquels nous connaissons le laurus nobilis, ou, d'un nom plus vulgaire, le laurier à sauce; de ses baies on retire une huile dite huile de laurier. Cette famille fournit le camphre, la cannelle, le benjoin.

Les *salsolacées* sont des plantes à cinq divisions pour le calice, la corolle et les étamines; elles comprennent plusieurs genres: celui qu'on désigne sous le nom de salsala, ce qui veut dire plante des lieux salés, croît en effet, avec le genre salicorne, dans les lieux recouverts par l'eau de mer, dans les marais salants, par exemple ; ces plantes contiennent beaucoup de soude. L'arroche (bonne-dame), l'épinard, sont alimentaires ; ce dernier a des fleurs dioïques.

Le genre chenopodium, mot qui signifie pied d'oie, de la forme de la feuille, possède de nombreuses variétés ; une d'elles, très-commune dans les lieux cultivés, le chénopodium vulvaria (ansérine vulvaire), a une odeur fétide ; elle contient beaucoup d'ammoniaque. On l'emploie en médecine.

Enfin le genre bette, qui a une grande valeur par l'une de ses variétés, la betterave, de laquelle on extrait un liquide sucré dont, à volonté, on produit le sucre ou l'alcool. Tous les principes sucrés contenus dans les plantes n'ont pu, jusqu'à présent, être retirés avec avantage que de quelques-unes d'entre elles qui les contiennent abondamment; telles sont plusieurs graminées : le maïs, le sorgho, et surtout la canne à sucre (saccharum officinale). On les retrouve également en grande quantité dans la betterave, dont nous venons de parler. Les principes azotés contenus en elle, qui ne sont pas employés dans l'extraction du sucre, restent une excellente nourriture pour les bestiaux.

Les *renouées* ou *poligonum,* dont le nom signifie beaucoup de genoux, parce que les tiges sont noueuses, comprend une grande variété de plantes appartenant à nos climats. Ainsi sont l'oseille, la rhubarbe, le sarrazin, qui donne une farine employée pour la nourriture des animaux et quelquefois des hommes dans les pays pauvres.

Je ne vous cite, ma chère enfant, que les plantes les plus remarquables, soit par les services qu'elles nous rendent, soit par leurs nombreuses familles, ou bien encore par leur beauté. Les *labiées* méritent donc de nous arrêter, car elles ont tous ces avantages réunis. Leur fleur a un calice à deux lèvres découpées en cinq ou dix dents ; leur corolle, aussi à deux lèvres, leur a valu ce nom de labiées. Vous vous rappelez le labelle de l'orchis. Les labiées ont quatre étamines, dont deux plus petites, un fruit composé de quatre carpelles ; leur tige, presque toujours quadrangulaire, a des feuilles opposées, couvertes d'huiles essentielles auxquelles ces plantes doivent leurs principes aromatiques. Ces huiles sont employées à préparer des eaux spiritueuses, ou bien on s'en sert pour les parfums. Le thym, la lavande, la sauge, le serpolet, le romarin et beaucoup d'autres végétaux appartiennent à cette famille. La

mélisse et la menthe poivrée sont employées avec
avantage en guise de thé. Une autre labiée, le
patchouly (pogostemon), possède un parfum excessivement prononcé. Cette dernière plante, originaire de l'Inde, ne peut être cultivée ici qu'en
serre chaude.

Si je vous cite la verveine, de la famille dés
verbénacées, c'est parce que je sais combien vous
aimez cette fleur qui, cultivée, montre les couleurs
les plus variées. A l'état naturel, la verveine est
assez insignifiante, avec ses fleurs d'un bleu lilas,
malgré toute la renommée qu'elle eut dans l'antiquité.

Les *borraginées* se rapprochent des labiées par
quatre ovaires distincts ; mais leur fleur n'offre
plus deux lèvres, et la tige est cylindrique ; telles
sont la bourrache, la pulmonaire officinale et une
plante toujours fêtée et recherchée, le myosotis pa-
lustris, dont la fleur bleue, mignonne, charmante,
a servi de texte à des légendes. Plusieurs borraginées sont employées en médecine pour leurs principes émollients.

En considérant les *solanées,* vous allez remarquer l'aspect si triste qu'offrent leurs fleurs ; c'est
comme un avertissement de la nature, indiquant
par là leurs propriétés vénéneuses. Presque toutes,

en effet, contiennent des poisons narcotiques qui résident dans toute la plante. Leurs fleurs sont à cinq divisions dans le calice, la corolle et les étamines; leurs feuilles sont alternes. De cette famille sont le datura stramonium aux fleurs blanches, le tatula, qui a des fleurs d'un violet triste; l'atropa belladona, aux fruits noirs en baies de la grosseur d'une cerise; la jusquiame, dont la fleur est livide; le tabac, dont la feuille renferme un violent poison connu sous le nom de nicotine. A côté de ces plantes dangereuses s'en trouvent d'autres que l'on peut manger impunément, comme les piments, les tomates dans leurs fruits, et la pomme de terre, dont les tubercules donnent une abondante fécule tout-à-fait comestible.

La culture a bien modifié l'aspect si triste des solanées; des datura et des solanum on obtient des fleurs magnifiques. C'est le prix du travail; à tous les travaux, même les plus minimes, Dieu a attaché une récompense. N'allez pas même sans réflexion condamner ces plantes; la médecine trouve en elles de puissants auxiliaires pour combattre une foule de maladies. C'est toujours en tout l'abus des choses qui crée le mal, et le salutaire remède peut bien vite devenir un poison violent en des mains inhabiles.

Vous le voyez, chère enfant, c'est l'ignorance qu'il faut combattre, car il s'agit de faire jaillir le bien là où gisait le mal. C'est là que repose, à l'état latent, le grand secret du bonheur des peuples. En attendant que ce problème soit résolu pour tous, faites qu'il le soit pour vous ; apprenez, puisque vous le pouvez, pour n'être pas au moins de ceux qui s'empoisonnent, pauvres coupables par ignorance.

HUITIÈME ENTRETIEN.

Toute voisine des solanées est la famille des *scrophulariées*, qui a encore avec la première de grands rapports. La digitale en possède les propriétés narcotiques. Ce nom de digitale lui vient de ce que les fleurs ont la forme d'un doigtier ; on la nomme aussi gants de bergère. Un principe d'amertume très-développé se trouve dans plusieurs plantes de cette famille ; elles ont encore cela de commun avec les solanées, avec lesquelles du reste elles ont des rapports très-grands, puisque plusieurs genres ont été portés tour à tour de l'une de ces deux familles à l'autre ; les molènes qui faisaient partie des solanées sont maintenant classées parmi les scrophulariées ; à moins

qu'on n'en fasse une famille à part, celle des ver-
bascées. La différence entre ces deux familles réside
surtout dans la forme de la corolle, presque toujours
irrégulière dans les scrophulariées. Les solanées ont
en outre cinq étamines, tandis que les scrophulariées n'en ont que quatre, dont deux plus courtes
par avortement de la cinquième, ou deux seulement
par avortement des trois autres. Les molènes ont
bien les cinq étamines des solanées, mais elles sont
inégales entre elles, et offrent ainsi une tendance à
l'avortement de ces organes ; voilà pourquoi on les
place dans la famille dont nous nous occupons ; la
molène connue sous le nom de bouillon blanc, est
émolliente et comme telle employée en médecine.

Le principe amer, contenu dans les familles pré-
cédentes, se rencontre plus développé encore chez
les *gentianées* ; elles sont fébrifuges ; l'érythrée,
petite centaurée, est employée pour détruire la
fièvre, propriété que possède à un degré plus émi-
nent encore le ményanthe ou trèfle d'eau. Les gen-
tianes sont de charmantes fleurs.

Vous voyez, cultivées dans les jardins, sous le
nom de volubilis, liserons, belles de jour, des
fleurs de la famille des *convolvulacées ;* leur tige
est souvent volubile et s'entoure en spirale ; leurs
fleurs, comme presque toutes les dicotylédonées,

sont à cinq divisions, cinq étamines qui, dans les convolvulacées, sont alternes avec les lobes de la corolle, laquelle, avant l'épanouissement de la fleur, est plissée à cinq plis tordus dans le bouton. Quelques-unes de ces plantes sont employées en médecine, d'autres sont comestibles. La patate, à laquelle vous donnez la préférence sur la pomme de terre, est de cette famille.

Je vous ai déjà expliqué le nom de parasite; aussi, n'ai-je plus qu'à vous dire que les cuscutes que nous rencontrons ici, dans la famille des *cuscutées*, se nourrissent sur la racine de plusieurs végétaux. Une qui n'est que trop commune est la cuscute des trèfles; elle vit sur les racines de cette plante, qu'elle détruit en l'étouffant et en lui prenant les sucs qu'elle avait puisés pour sa nourriture. Les cuscutes sont dépourvues de feuilles; leurs racines sont des suçoirs par lesquels elles adhèrent aux plantes dont elles empruntent la vie; leurs fleurs sont agglomérées en paquets, leurs tiges sont excessivement grêles.

Les *apocynées*, les *asclépiadées* diffèrent peu entre elles; leur suc laiteux est amer et suspect dans beaucoup d'espèces. On trouve dans ces familles les pervenches, jolies petites fleurs du premier printemps, les asclépiades, qui ont reçu le

nom d'herbes à la ouate, parce que leur graine
est entourée d'un duvet soyeux, ce qu'elles ont
de commun avec d'autres plantes de la famille des
asclépiadés; le dompte-venin, qui se rencontre
assez souvent dans nos terrains calcaires, a sa
graine ainsi enveloppée. Les lauriers roses contiennent un poison compté parmi les narcotiques
âcres. Il y a dans cette famille des *apocynées*,
des plantes qui nous sont étrangères, et qui fournissent aux Javanais les poisons dont ils se servent pour tremper leurs flèches, afin d'en rendre
les blessures toujours mortelles; c'est la noix
vomique, la fève de Saint-Ignace. On en extrait
la strychnine, un violent poison.

Voici les fleurs du printemps, les gracieuses
messagères des premiers beaux jours. Leur nom,
primulacées, indique assez qu'elles sont les premières à paraître, aussi sont-elles cultivées dans
les jardins qu'elles ornent si bien dès le mois de
mars. Elles ont des fleurs variées en couleurs et
comme veloutées dans quelques espèces. Parmi
celles qui sont originaires de nos contrées, on
voit la primevère officinale, qui est très-commune ;
elle est connue sous plusieurs noms; ici, on la
nomme coucou, parce que l'époque de sa florai-
son coïncide avec celle de l'arrivée de l'oiseau

voyageur qui porte ce nom. Une autre primula-
cée, l'anagallis, mouron aux fleurs rouges et
bleues, selon la variété, possède un poison âcre ;
aussi n'est-ce pas là le mouron que l'on donne
aux oiseaux et qui est de la famille des œillets.
Les *cyclamens*, dont on a obtenu de si charmantes
variétés, sont classés parmi les primulacées. Leurs
fleurs sont tournées vers la terre, tandis que les
lobes de la corolle, longs et réfléchis, regardent le
ciel comme dans une muette prière. Les *campa-
nulacées*, dont le nom signifie fleurs en cloche,
méritent d'être cultivées par la beauté de plusieurs
d'entre elles.

Les *éricacées*, dans lesquelles sont classées les
bruyères, renferment quelques jolies espèces, tandis que d'autres donnent un aspect triste et morne
aux pays qui les produisent ; telle est la bruyère
à balai qui n'abonde que trop dans certaines
contrées, où des terrains froids et humides favo-
risent sa végétation. Çà et là seulement, l'érica
ciliaris arrête le regard par la beauté de ses grosses
grappes de fleurs rouges ressemblant à des grelots ;
ou l'érica bruyère cendrée, aux fleurs violacées ;
ou bien encore la bruyère vagabonde aux jolies
fleurs roses.

D'immenses terrains sont occupés par les bruyères

et par les plantes qui, comme les ajoncs dont
je vous parlerai, n'appartiennent pas à la famille
des éricacées. Ces immenses terrains sont perdus
pour la culture, si un travail intelligent ne
vient les rendre à une destination plus en rapport
avec les besoins d'une population nombreuse.
Les immenses débris des végétaux, l'oxidation
de leur bois, ont acquis à ces terres une acidité
quelquefois très-grande, qu'il convient de leur
enlever avant d'y essayer toute espèce de culture.
L'acide acétique dont elles sont gorgées les rend
impropres à toute production. On combat cet acide
par de puissants réactifs, la chaux, les marnes,
tous les calcaires qui les neutralisent; de même,
en sens contraire, les roches, les silicates, les calcaires détruits par les acides, composent les ar-
giles, les marnes. Ceci n'est que la continuité de
l'enchaînement général qui règne dans l'univers.
La récompense du travail apparaît encore ici, car
l'hygiène y trouve sa sécurité; l'hygiène, c'est-à-
dire la santé, le premier des biens. Ce nom d'hygiène nous vient des Grecs, qui honoraient Hygiée,
une fille d'Esculape, comme déesse de la santé.
Les terres dont je vous parle restent humides,
parce qu'elles n'ont qu'une surface plane et n'offrent pas assez de pente à l'écoulement des eaux;

les racines des arbres ou arbrisseaux les arrêtent
encore. De là, des amas d'eaux stagnantes sub-
mergeant les plantes une grande partie de l'année.
Et il est reconnu que les plantes couvertes d'eau,
au lieu de vivifier l'atmosphère, en lui rendant
de l'oxygène, expirent non plus même l'acide carbonique, mais l'oxyde de carbone, gaz plus délé-
tère encore, car il est moins oxygéné que l'acide
carbonique.

Ainsi, la misère, la souffrance sous toutes les
formes, apanage de ces tristes contrées, s'écroule-
ront d'elles-mêmes devant l'ardeur du travailleur.

NEUVIÈME ENTRETIEN.

Voici une nombreuse famille, celle des *composées*, nom qui leur est donné parce qu'en effet leurs fleurs sont une réunion de plusieurs, supportées par un plateau commun nommé réceptacle. Elles sont divisées en trois séries, d'après la disposition de leurs fleurs. Les *lugituflores*, appelées autrefois chicoracées et semi-flosculeuses ; les *labiatiflores,* dont la fleur se partage en deux lèvres ; les *tubuliflores* à la fleur tubuleuse, en forme de tube, comprenant les flosculeuses et les radiées. Les fleurs de ces dernières ont les fleurons du centre entourés de demi-fleurons, sur toute la circonférence du réceptacle. La marguerite des prés, la petite pâquerette aux demi-fleurons blancs et roses sont des radiées.

Je vous ai dit que la famille des composées comprend un grand nombre de végétaux; je ne peux vous en citer que quelques-uns, parmi ceux qui sont le plus à votre portée, et qui vous serviront à connaître la structure de ces plantes : le taraxacum, pissenlit, qui est très-commun; l'héliante ou fleur du soleil, dont la fleur regarde toujours le soleil; le tussilage, dont les fleurs sont employées contre la toux; la barbane, qui croît sur les décombres et le long des chemins; les feuilles en sont très-larges. La barbane a un involucre, réunion de folioles, à écailles terminées par une petite pointe crochue en hameçon; aussi s'accroche-t-elle partout aux vêtements, et l'on ne peut s'en débarrasser qu'avec peine; c'est ce qui lui a valu encore le nom de lappa, mot qui veut dire je prends. Je puis encore vous citer la grande tribu des chardons; l'artichaut, chez lequel le réceptacle prend une grande extension; l'arnica, plante précieuse, qui est devenue d'un grand usage, parce qu'elle empêche le sang de s'arrêter sur les coups et blessures que l'on reçoit. Généralement ces plantes sont toniques et amères; dans quelques-unes, ce principe

amer est uni à un suc laiteux, parfois narcotique.
Le calice de ces fleurs est uni à l'ovaire, auquel
il reste attaché dans le fruit; le limbe, resté libre,
se développe en aigrette à poils simples ou plu-
meux, ce qui fait que ces graines peuvent s'en-
voler à de grandes distances; et quand le vent
d'automne vient à passer sur des champs, qu'il
n'est malheureusement pas rare de rencontrer
garnis de chardons, on voit leurs graines s'en-
voler en grand nombre, comme une nuée d'insectes ailés.

Une autre famille très-répandue encore est celle
des *rubiacées ;* ces plantes ont des propriétés remarquables ; l'écorce, chez quelques-unes , est fé-
brifuge, comme celle du quinquina, par exemple,
dont on extrait la quinine. D'autres ont dans leurs
racines des matières colorantes, telle est la ga-
rance. Le caféier est une rubiacée ; cette plante,
originaire de l'Éthiopie, se trouve depuis longtemps
acclimatée en Arabie, dans les environs de Moka.
De là, transportée partout où la chaleur du climat
permet de la cultiver, elle est devenue l'objet d'un
commerce considérable.

Parmi les rubiacées d'Europe, on trouve le galium, aux fleurs d'un blanc de lait chez plusieurs
variétés, ou aux fleurs jaunes chez le galium

7

caille-lait, nom qu'il doit à ce qu'on supposait que
cette plante peut faire cailler le lait. Dans la fabrication de quelques fromages, on s'en sert en la
mêlant à la présure; sans doute le galium donne
un goût prononcé à ces fromages, sa fleur ayant
une odeur très-pénétrante. Les rubiacées sont divisées en plusieurs tribus qui diffèrent entre elles
par la forme du fruit ou par leur inflorescence.
Le fruit est sec ou en baie, s'ouvrant de lui-même,
et alors il est dit déhiscent, du latin dehiscere,
s'ouvrir, ou indéhiscent, ne s'ouvrant pas naturellement. Les rubiacées d'Europe ont, pour la plupart,
les feuilles en verticilles.

Depuis, chère enfant, que nous nous occupons
des dicotylédonées, et il y a déjà longtemps, nous
avons toujours vu la corolle de la fleur entière
ou seulement divisée plus ou moins profondément.
Cette corolle d'une seule pièce prend le nom de
monopétale, ce qui veut dire un seul pétale, en
opposition avec la corolle polypétale ou à plusieurs pétales, comme nous allons la rencontrer
dans les fleurs que nous examinerons maintenant.

Avec une corolle monopétale, la fleur, comme
je vous l'ai dit, n'a qu'un seul pétale. Le nombre
des étamines est en rapport avec les divisions de
la corolle, ou en nombre double; elles alternent

avec ces divisions qui, elles-mêmes, alternent avec
celles du calice, excepté chez les primevères : la
corolle monopétale offre trois parties distinctes, le
tube, le limbe et la gorge. Le tube est cette partie inférieure de la corolle qui, en effet, a la forme
d'un tube ; il est très-visible dans le jasmin, le
lilas, la primevère. Sa base s'allonge quelquefois
en éperon, comme dans la valériane. Le limbe est
la partie évasée de la corolle. Quant à la gorge,
c'est la partie intermédiaire entre le tube et le
limbe.

DIXIÈME ENTRETIEN.

Les fleurs à corolle polypétale nous présentent des familles ou des espèces très-nombreuses. Leurs pétales sont divisées jusqu'à la base et tombent séparément quand la corolle se flétrit.

La famille des *ombellifères* présente un groupe naturel facile à reconnaître par le mode d'inflorescence en ombelle, d'où leur est venu leur nom. Ce sont des plantes herbacées, vivaces, ou annuelles ; leur tige est creuse à l'intérieur ; leurs feuilles alternes sont profondément divisées et embrassent la tige par une gaîne large et longue. Une huile aromatique est contenue dans les graines de quelques-unes de ces plantes ; d'autres parties du végétal, surtout l'écorce et les feuilles, présentent diverses propriétés, soit des gommes-résines, soit des principes narcotiques, comme par exemple la ciguë, avec laquelle, dit-on, se prépara le breuvage qui donna la mort au sage Socrate. Dans d'autres espèces, au contraire, certaines parties de ces plantes servent d'aliments ou de condiments culinaires, tels sont le persil, le cerfeuil et bien d'autres encore.

Les *cucurbitacées* sont monoïques pour la plupart, ce dont vous pouvez vous assurer sur des pieds de melon, où vous verrez que les fleurs ne donnent pas toutes des fruits. De ce genre sont les citrouilles, les courges, les concombres, les pastèques, et d'autres plantes remarquables par les formes bizarres qu'affectent leurs fruits.

A côté de fruits délicieux, les fleurs les plus belles, voilà ce que nous offre la famille des *rosacées*, dont le groupe comprend de nombreuses variétés; aussi les a-t-on subdivisées en tribus. Les rosées, qui possèdent les roses avec leurs genres divers que la culture augmente toujours. Les rosiers sont chargés d'aiguillons; leurs feuilles sont ailées, avec impaire. Ces arbrisseaux, non cultivés, ont une corolle à cinq pétales et de nombreuses étamines. Ces dernières, par la culture, se changent en pétale, ce que ces fleurs ont de commun avec toutes celles que l'on dit doubles. Alors la rose est magnifique et justifie bien son nom de reine des fleurs.

La tribu des *sanguisorbées* a un calice de trois à cinq lobes ; les pétales sont nuls dans ce groupe qui comprend la pimprenelle, la sanguisorbe, etc. Les feuilles sont ailées avec impaire.

Les *spirées* constituent une autre tribu où se voient des fleurs charmantes disposées en panicule, comme dans la spirée, reine des prés, ou la filipendule aux fleurs odorantes d'un blanc rosé.

La différence entre les fleurs, dans les subdivisions des rosacées, devient encore plus apparente dans leurs fruits. Ainsi, tandis que les roses ont de nombreux carpelles placés sur un réceptacle creusé ; que le calice, étant soudé dans une grande partie de son étendue, prend la forme d'un tube qui se referme au-dessus des carpelles et devient charnu à la maturité ; les spirées ont des carpelles sur une surface plane. Les sanguisorbées ont encore le calice rétréci en tube. Ce calice en tube constitue ce que nous avons nommé monopétale dans la corolle, et qu'ici nous appellerons monosépale ou monophylle, deux mots qui signifient que le calice est formé d'une feuille unique. Quand les folioles du calice restent séparées dans toute leur étendue, on dit le calice polyphille ou polysépale, à plusieurs feuilles.

Une autre tribu des rosacées, les *dryadées* ont un réceptacle cônique sur lequel sont placés de nombreux carpelles. C'est le réceptacle avec les carpelles que l'on mange dans la fraise; dans la framboise, ce sont les carpelles seulement.

Vous avez déjà vu que les fleurs sont formées de bourgeons qui, ayant subi quelques modifications, s'épanouissent en fleurs au lieu de marquer des feuilles. L'organe nommé pistil n'est donc, comme les autres parties de la fleur, qu'une ou plusieurs feuilles modifiées qui, chez lui, prennent le nom de carpelles. Tantôt le pistil se compose de plusieurs feuilles carpellaires, tantôt il n'est formé que d'une seule. A sa partie inférieure, il prend le nom d'ovaire, comme vous savez. L'ovaire, lui-même, changeant de nom quand la graine est formée, s'appelle péricarpe, de deux mots grecs qui veulent dire autour du fruit. J'avais besoin de vous expliquer ce mot, parce que dans les pomacées, une autre tribu des rosacées, nous aurons l'occasion de nous en servir souvent. L'ovaire, chez les pomacées, reste adhérent au calice dans toute l'étendue de celui-ci. La seule partie qui soit libre, c'est le limbe, il reste apparent sur le fruit et constitue ce que l'on nomme la couronne du fruit, chez les pommes, poires, coings et généralement toute la tribu des pomacées. Il existe trois couches bien distinctes dans le péricarpe; l'épicarpe, signifiant sur le fruit, c'est ce qu'on nomme la peau du fruit; le mésocarpe, au milieu, c'est la chair du fruit des pomacées; aussi dans les fruits où le péricarpe se change en une pulpe plus ou moins épaisse et succulente, on peut substituer au nom de mésocarpe celui de sarcocarpe, qui veut dire chair du fruit. Mais ce dernier nom ne peut convenir qu'aux fruits charnus, tandis que celui de mésocarpe, signifiant au milieu du fruit, convient à tous indifféremment. La troisième couche du péricarpe, qui enveloppe directement la graine, c'est l'endocarpe, d'un mot grec signifiant en dedans. Chez les pomacées, l'endocarpe se rencontre à l'état de parchemin, séparant cinq cavités où sont logées les graines. Quelquefois, comme dans la nèfle, l'endocarpe, prenant de la consistance, devient un noyau correspondant aux cinq loges ou cavités des pommes.

. C'est à changer le mésocarpe en une chair délicieuse et quelquefois énorme, que consiste l'art

de l'arboriculture. Voyez, par exemple, ce beau
pommier sauvage qui étale négligemment ses
branches chargées de larges fleurs rosées, retom-
bant jusqu'à terre ; ces fleurs n'auront pour leur
succéder que de petits fruits verts, conservant leur
acidité jusqu'au moment de la transformation du
péricarpe, ce qui arrive à la maturité de la graine.
Ils se ramollissent sous l'effet de la combustion,
de la désagrégation de toutes leurs parties ; en cet
état, la pomme n'est plus mangeable ; la poire l'est
encore ; la corme, l'alise et la nèfle ne sont man-
geables que quand elles ont atteint ce degré.

Ce que ne fait que trop tard le fruit du pommier
sauvage, de brûler de son carbone en respirant
de l'oxygène, les fruits cultivés le font beaucoup
plus tôt. Aussi leur chair se sucre pendant les
derniers temps de la maturation. Elle contient des
gommes, de la dextrine, et enfin de la glucose,
une variété de sucre ; le mot glucose signifie doux ;
ces sucres vont en augmentant jusqu'à la complète
maturité des fruits, qui sont alors en outre aro-
matisés par des acides différents selon les espèces.

Le triomphe de l'arboriculture arrive à son
apogée dans les fruits des *amygdalées*. Dans cette
nouvelle tribu, l'endocarpe est un noyau, et le mésocarpe n'est que la partie verte que l'on rejette ;

c'est l'embryon et la graine que l'on mange dans ce fruit.

Aussi que de précautions pour développer la chair du fruit dans la cerise, la prune, l'abricot, et surtout la pêche, ce fruit délicieux si des soins intelligents ont été donnés à l'arbre. Vous pouvez remarquer combien sont petites les pêches qui naissent à l'extrémité d'une longue branche qui n'apporte plus au fruit dans le long parcours de la sève à travers les rameaux qu'une nourriture trop peu abondante. Tout au contraire, des fruits magnifiques sont placés sur les fortes branches du pêcher ou celles qui en sont le plus rapprochées; ce qu'on obtient, soit en pinçant, pendant l'été, les bourgeons du pêcher qui se développent en cette saison, pour les empêcher ainsi de s'emporter en branches, qu'en terme de jardinage on nomme gourmandes, parce qu'en effet elles consomment sans produire; soit en rétablissant l'équilibre de l'arbre, en faisant naître des branches où l'arbre en a besoin, au gré du savant arboriculteur, qui, par une simple piqûre atteignant seulement les couches corticales de l'arbre, le force à émettre un bourgeon, par la condensation de la sève attirée à l'endroit légèrement blessé.

L'épicarpe du fruit prend à la maturité des

couleurs différentes de la teinte verte de sa jeu-
nesse; mais, cette fois, je n'ai plus besoin de vous
dire pourquoi cette couleur se perd chez lui.

Un principe des plus vénéneux est contenu dans
les feuilles et dans les noyaux des amygdalées;
c'est l'acide cyanhydrique, le plus énergique de
tous les poisons.

ONZIÈME ENTRETIEN.

Non moins remarquables que les rosacées sont les *légumineuses*, dont la famille très-étendue offre, comme la première, des subdivisions en tribus. La seule que nous ayons dans notre pays, et qui est aussi la plus nombreuse, est celle des *papilionacées*, dont la fleur a une structure particulière facile à reconnaître. La corolle irrégulière est à cinq pétales; un supérieur, plus grand, tourné vers l'axe, se nomme étendard; les deux latéraux sont appelés ailes, et les deux inférieurs, rapprochés et quelquefois soudés, prennent le nom de carène. Telle est la fleur des pois, des fèves, des haricots, des lentilles, que le jardinage

8

emprunte à cette famille, ainsi que quelques autres, dont les fruits en naissant possèdent déjà une abondante fécule. Des principes azotés s'unissent à la fécule pendant la maturation, et ils deviennent ainsi très-nourrissants. Diverses autres légumineuses, contenant aussi des principes très-nutritifs, sont cultivées comme plantes fourragères et forment les prairies dites artificielles, qui, avec les prairies naturelles composées de graminées et de cypésacées, font presque exclusivement la nourriture des animaux herbivores.

Vous n'avez, sans doute, jamais pensé, chère enfant, quand vous voyiez ces troupeaux de bœufs couchés dans les herbes, et ruminant là bien à l'aise, à toute l'utilité de ces bons animaux. De toute antiquité, ce sont eux qui ont aidé le laboureur à fendre la terre, ce qui permet aux gaz une libre circulation vers les racines des plantes. Le labourage des terres est donc une partie essentielle de l'agriculture. Mais l'industrie moderne, qui possède la vapeur, n'attendra pas longtemps du bœuf un travail si longuement exécuté. La nourriture donnée par lui doit être plus directe, et les végétaux accumulés et transformés chez lui en principes richement azotés, sont une nouvelle modification des gaz qui ont formé le végétal et qui deviennent ainsi propres à former les organes des animaux se nourrissant de viande. Aussi, l'élevage moderne met-il un juste orgueil à la production de ces énormes masses de chair qu'il obtient par les soins donnés aux animaux.

Vous vous rappelez de ce que je vous ai dit de tout ce qui est nécessaire au développement de la chair du fruit. C'est toujours la même chose, voyez-vous, chair de bœuf ou chair de fruit; il s'agit pour eux d'avoir une nourriture substantielle. Mais pour avoir la viande, il faut avoir les plantes. Les terres remuées, ameublies, en laissant circuler plus aisément les gaz, offrent déjà des circonstances favorables. Que de soins cependant à apporter encore pour faire parvenir les végétaux à leur entier développement. Heureusement, là encore et toujours, la science vient au secours de l'industrie pour lui donner, avec une économie de temps, des résultats plus satisfaisants.

Les gaz constituant l'air atmosphérique sont aussi contenus dans les terres. Cette notable quantité d'azote retenue là, est la réserve que Dieu a placée pour l'époque où les hommes, forts de leur expérience, recevront sans détruire, sans abuser de tout. Déjà l'on abandonne l'ancien système des jachères ou des terres en repos, qui, par des travaux successifs, par l'action simultanée de l'air et de l'eau, déterminaient enfin l'azote à se combiner aux autres gaz ; l'art moderne, impatient de produire mieux et plus vite, obtient les mêmes résultats par des fumures abondantes et par le chaulage des terres, qui force l'azote à produire l'ammoniaque. La chaux est aussi l'un des minéraux qui reçoivent les légumineuses. Les potasses jouent encore un grand rôle dans la vie de ces plantes. Mais quoique solubles, certains sels sont retenus dans la terre par des forces chimiques qu'il faut combattre. Les potasses paraissent être au nombre de ces sels. Pour détruire la cause qui les retient combinés, la culture possède le plâtre. Aussi, après un plâtrage sur la plante, les potasses s'engagent, dissoutes par l'eau, dans le tissu des légumineuses. C'est ce qui vous explique pourquoi l'agriculture emploie cet agent sur les prairies de trèfle, de sainfoin, de luzerne.

Les légumineuses puisent directement l'azote dans l'air, non sous sa forme simple, vous savez qu'il ne peut être reçu en cet état, mais sous celle de vapeurs ammoniacales. Cette nouvelle propriété fait donner à leur culture le nom d'améliorante, parce que l'excédant d'azote prélevé par elles, accumulé dans le sol, contenu dans leurs racines, dans tous les débris qu'elles laissent, est un engrais puissant pour toutes les plantes qui succèderont.

Cette famille possède des végétaux de toutes les grandeurs, car à côté des plantes herbacées, dont nous avons parlé, se voient des arbrisseaux et même des arbres atteignant à de grandes hauteurs. Tels sont les acacias et les faux acacias, qui fournissent des bois utiles et des gommes estimées.

Les légumineuses ont généralement des feuilles composées, c'est-à-dire portées sur un pétiole commun. Dans cette disposition, les feuilles portent le nom de folioles. Ainsi le trèfle a une feuille composée de trois folioles.

La gousse ou légume, nom du fruit, est caractérisé par un carpelle s'ouvrant de lui-même à la maturité et se séparant en deux valves. Les fruits, en assez grand nombre, sont attachés sur la suture interne; quelquefois, comme dans le sainfoin, le carpelle est coupé par cloisons; chez d'autres les valves ne s'ouvrent que sur une face.

Les tiges, dans beaucoup d'espèces, sont garnies d'épines. Au nombre des arbrisseaux les plus épineux de cette famille, il faut citer l'ajonc, dont tous les rameaux sont garnis d'épines acérées ; les feuilles elles-mêmes, petites et linéaires, ont une pointe épineuse. Les ajoncs croissent dans les lieux stériles, avec les bruyères dont nous avons parlé. A la maturité du fruit des ajoncs, le carpelle s'ouvre avec bruit et élasticité.

DOUZIÈME ENTRETIEN.

Plusieurs familles, ayant beaucoup d'analogie dans leurs caractères, étaient autrefois réunies sous le nom de *térébinthacées*, sous lequel on les confondait. Elles sont pour la plupart originaires des contrées chaudes. Des résines sont les principaux produits qu'on en retire. Ces résines sont odorantes dans la famille des burséracées, qui fournit la myrrhe, l'encens, le baume de la Mecque; d'autres sont employées dans les arts, et fournissent des vernis remarquables. La laque du Japon, de couleur rouge, produit du stagmaria verniciflua; le vernis du Japon, qui est d'un beau noir, vient du rhus vernix. Le suc

produit par cet arbre est tellement âcre et brûlant, que les ouvriers qui le récoltent sont obligés
de se couvrir les mains et la figure; son ombrage
même peut déterminer sur la peau des pustules
douloureuses. Presque tous les rhus ou sumacs
possèdent cette propriété corrosive qui est contenue dans les huiles essentielles qui tiennent
leurs résines en dissolution. Les huiles essentielles diffèrent des autres huiles, en ce qu'elles
se volatilisent très-promptement. Après l'évapo-
ration de ces huiles, les résines deviennent solides.

Le sumac vénéneux a des tiges sarmenteuses;
son suc est dangereux comme celui de tous les
sumacs, dont il faut se défier. Le sumac à feuilles
d'orme (rhus coriara) est originaire du midi de
la France. Il est riche en tannin et, comme tel,
est employé par les corroyeurs.

L'ailante, faux vernis du Japon, donne un bois
estimé; sa végétation est puissante, il peut grandir
d'un mètre chaque année. Les feuilles nourrissent
une variété de vers à soie; aussi sa culture prend-
elle beaucoup d'extension.

Les pistachiers, dont le pistachier lentisque du
nord de l'Afrique et des contrées orientales fournit
la résine nommée mastic; le pistachier térébinthe,

qui donne la véritable térébenthine dite de Chio ;
le pistachier vrai, dont le fruit est employé pour
la confection des dragées, des glaces et des sor-
bets. Les manguiers, dont on mange les fruits,
appartiennent aussi à cette famille.

Voici d'autres familles, inconnues à nos climats, mais qui n'en sont pas moins bien reçues
de nous ; ce sont premièrement les *aurantiacées,*
qui fournissent les oranges, les citrons et toutes
leurs nombreuses variétés. Les fruits de ces arbres, et en général tous les fruits pulpeux, gro-
seilles, grenades, ne présentent plus les mêmes
dispositions que nous avons vues dans les fruits
des rosacées. Ce n'est pas ici le mésocarpe que
l'on mange, car il forme avec l'épicarpe la peau
de ces fruits ; la mince membrane qui sépare
chaque quartier de l'orange est l'endocarpe. Ce
que l'on mange, ce sont des glandes ou vési-
cules succulentes, qui remplissent les loges ou
cloisons. Des glandes vésiculaires contenant des
huiles essentielles existent principalement sur les
feuilles, qu'elles parsèment de points brillants.

La famille des *ternstrœmiacées* nous est connue
par le camélia, dont on a obtenu des fleurs charmantes, et par le thé originaire de la Chine, objet
d'un commerce important par l'usage que l'on

fait de ses feuilles. On distingue deux sortes de
thé : le thé vert et le thé noir. Cette distinction
ne provient pas de l'arbuste, mais de la manière
de préparer les feuilles. Pour obtenir du thé une
infusion agréable, il faut qu'elle soit très-con-
centrée, car le thé contient une huile essentielle
qui lui communique sa saveur, mais qui s'éva-
pore promptement. Il contient encore deux principes azotés, dont l'un est soluble dans l'eau ;
l'autre, insoluble, est la caséïne, qui reste dans
les feuilles en grande quantité après l'infusion.
Aussi les Orientaux, dont le thé est la principale
boisson, ne rejettent pas les feuilles qui ont servi
à la faire, et qui sont consommées par eux pour
leurs principes nutritifs.

La famille des *malvacées* va nous offrir des
plantes qui nous sont familières : les mauves et
les guimauves. Ces dernières se nomment aussi
althæa, mot qui signifie guérison ; elles le doivent aux propriétés émollientes dont elles sont
douées. Elles sont fréquemment employées en
médecine, ainsi que les mauves, qui ont à peu
près les mêmes vertus. Les malvacées ont un calice épais à cinq divisions, un second calice ou
calicule de trois à neuf feuillets, cinq pétales
égaux, tordus même encore après l'épanouissement.

Les étamines sont réunies à leur partie inférieure, et forment un faisceau en forme de tube
autour des styles qui, eux aussi, sont soudés
presque jusqu'aux stigmates. Les nombreux carpelles sont verticillés autour d'une colonne cen-
trale. C'est dans cette famille que se rencontrent
les *gossipium*, qui fournissent le coton.

Les *ampélidées* ou *vinifères* sont des arbrisseaux grimpants, dont les tiges sarmenteuses ont
des nœuds renflés pouvant se désarticuler, et des
vrilles, petits rameaux avortés avec lesquels elles
s'accrochent aux corps environnants. A leurs fleurs
petites, mais d'une délicieuse odeur, succèdent
des fruits en baie que tout le monde connaît;
c'est le raisin. On en retire des boissons fermentées, le vin et les alcools les plus renommés. A
leur parfaite maturité, les raisins se sucrent; on
en retire de la glucose. L'acide particulier au
raisin est l'acide tartrique.

Les *papaveracées*, dont vous connaissez plusieurs variétés cultivées dans les jardins ou indi-
gènes, comme le coquelicot (papaver rhæas), dont
les fleurs grandes, d'un beau rouge ponceau,
abondent dans quelques terrains; le pavot officinal,
aux capsules très-grosses et ovales, est employé
par la médecine; la chelidoine, très-commune

le long des haies et des vieux murs, fleurit de
mai en octobre; ses fleurs sont jaunes. Les papaveracées ont un calice à deux sépales. caducs, c'est-à-dire tombant de suite, quatre pétales, un fruit de forme un peu ovale, ovoïde,
se fendant en plusieurs valves ou forme d'un
cercle garni d'ouvertures laissant échapper les
graines. Quelquefois, comme dans la chelidoine,
le fruit prend la forme d'une silique, qui est un
fruit sec comme la capsule, mais étroit et allongé;
nous reverrons cette forme dans la famille des
crucifères, à laquelle elle appartient; et même
la silique de la chelidoine diffère de la silique
proprement dite, comme vous pourrez vous en
assurer vous-même en les examinant dans ces
deux familles. Les papaveracées offrent des feuilles
alternes sur des tiges herbacées, toutes gonflées
d'un suc âcre et laiteux, ayant des propriétés
fortement narcotiques qu'on extrait principalement de la capsule et de son pédoncule, où il est
le plus abondant. C'est avec ce suc que se prépare l'opium. Les graines ne participent pas de
ces propriétés vénéneuses; on en extrait de l'huile
connue dans le commerce sous le nom d'huile
d'œillette.

Les *crucifères* ont quatre sépales en croix,

quatre pétales alternant avec eux et également
en croix; d'où leur nom de crucifères. Le fruit
est une silique, comme je vous l'ai dit, s'ouvrant
en deux valves; une cloison membraneuse sépare
les fruits en deux loges. Les crucifères comprennent une nombreuse famille, mais facile à reconnaître par ses caractères distinctifs. Leurs fleurs
sont jaunes, blanches ou légèrement rosées. Une
odeur d'ammoniaque s'échappe de ces plantes en
putréfaction. Mais aussi elles sont très-nutritives;
telles sont les nombreuses variétés de choux et
de raves. Elles doivent à une huile essentielle
leurs propriétés stimulantes, connues surtout dans
la moutarde et le cresson; ces propriétés sont af-
faiblies par des principes sucrés dans les parties
qui sont privées d'air, comme les radis, les choux-
fleurs et beaucoup d'autres encore. La médecine
puise en eux des stimulants dits antiscorbuti-
ques.

Les *résédacées*, dont quelques espèces sont
originaires de nos contrées, n'ont rien de bien
remarquable; le réséda odorant, qui est cultivé,
vient d'Orient; le réséda lutéola, gaude, fournit
une belle couleur jaune employée en teinture.

Les *linacées* présentent quelques fleurs cultivées dans les jardins pour leur beauté, mais leur

9

principal mérite réside dans la plante qui fournit
le lin avec lequel on tisse des étoffes. Les graines
sont émollientes, et l'huile qu'on en extrait est
employée dans les arts.

Les *caryophyllées* ont un calice persistant,
tubuleux, par conséquent monosépale, denté au
sommet ou seulement divisé. Leurs tiges herbacées sont noueuses, à feuilles entières et opposées. De cette famille sont les œillets, une des
plus belles plantes à collection; la saponaire,
employée en médecine, et qui doit son nom à sa
propriété de servir de savon; les silènes, dont
on a obtenu de charmantes variétés; les stellaires,
dont le nom vous indique la forme étoilée de la
fleur, et d'autres encore, toutes charmantes.

Les *violariées* comprennent les violettes, ces
aimables fleurs du printemps, et les pensées ou
violettes tricolores, devenues si belles par la culture. Elles ont cinq pétales, dont l'inférieur est
terminé en éperon ou en cornet. Les anthères
sont portées par un connectif élargi, qui se termine en pointe et quelquefois se soude, formant
ainsi un tube au-dessus de l'ovaire.

Je ne vous ai pas parlé encore de l'étamine.
De même que le pistil, ses parties prennent différents noms. L'étamine est composée du filet et

de l'anthère, petit sachet ordinairement à deux loges, qui la termine. Le filet change de structure en s'interposant aux deux loges; il est alors nommé connectif; c'est le lien, l'union entre les loges de l'anthère. Cette nervure médiane a des proportions très-variables, relativement aux loges; tantôt elle leur est égale en longueur, tantôt elle est plus courte; ou bien elle prend un grand développement, comme dans la violette, où le connectif se prolonge au-delà des loges. Quelquefois il s'étend perpendiculairement au filet, portant à ses extrémités les loges de l'anthère, comme vous pourrez le remarquer dans les sauges, dont le connectif porte à ses deux extrémités les anthères, dont l'une des loges est stérile, c'est-à-dire qu'elle ne contient pas de pollen, cette poussière fécondante et colorée qui se trouve enfermée dans l'anthère.

Lorsque les loges tiennent au connectif dans toute leur étendue, on dit qu'elles leur sont adnées. Elles sont libres, au contraire, si elles ne tiennent au connectif ou au filet que sur une petite étendue. Vous voyez que les anthères ont différentes manières d'être attachées, car le point d'attache, dans le dernier cas, peut être situé en haut, en bas ou au milieu des loges.

Les *nymphéacées*, plantes aquatiques, où se voit le nénuphar, aux grandes et belles fleurs blanches, possédant un grand nombre de pétales dont les inférieures vont se convertissant en étamines nombreuses. C'est ici le lieu de vous assurer par vous-même comment les pétales se changent en étamines, comme, dans d'autres plantes, on peut voir les étamines se changer en pétales, ce qui s'obtient par la culture, comme je vous l'ai dit.

Nous allons terminer cette courte revue des plantes par la famille des *renonculacées*. Leurs fleurs sont tantôt à cinq sépales et cinq pétales alternes, des étamines en nombre indéfini (on dit indéfini le nombre des étamines, dès qu'il dépasse le chiffre douze); tantôt aussi le nombre quinaire des enveloppes florales fait place à des divisions par trois. Dans quelques espèces, les pétales se changent en petites lames ou en cornets, et même manquent tout-à-fait; alors le calice est coloré. Telle est la clématite, arbrisseau sarmenteux dont les fleurs ont cinq pétales colorés. Les carpelles indéhiscents sont monospermes, ne s'ouvrant pas d'eux-mêmes et ne contenant qu'une graine. Le carpelle s'allonge, chez les clématites, en une arête souvent plumeuse;

les anémones ont des carpelles terminés soit par
une arête simple, soit par une longue arête plumeuse. Leur fruit est encore indéhiscent et mo-
nosperme ; leurs cinq ou dix sépales sont colorés ;
les pétales manquent totalement.

Les renoncules, de rana (grenouille), parce
que la plupart croissent dans les lieux humides,
ont cinq sépales caducs, cinq pétales, de nombreux carpelles qui sont, comme les précédents,
indéhiscents et monospermes. Ce fruit sec, qui
ne contient qu'une graine, auquel n'adhère pas
le péricarpe, est nommé achaine. L'achaine a la
graine dressée dans les renoncules, tandis qu'elle
est pendante dans les clématites et les anémones.

Les espèces qui suivent ont un fruit déhiscent,
à deux valves, ne s'ouvrant que sur la suture in-
térieure ; les carpelles, qui contiennent beaucoup
de graines, sont dits polyspermes ; de ce nombre
sont le caltha, populage aux larges fleurs jaunes,
fleurissant, en mars et avril, dans les vallées humides, les lieux marécageux ; l'hellébore, qui
possède un calice plus ou moins coloré et une
corolle peu apparente composée de pétales très-
courts ; la nigelle ou cheveux de Vénus ; l'ancolie,
dont les cinq pétales sont ouverts en cornets et
terminés en éperon ; le delphinium, vulgairement

9.

pied d'alouette ; l'aconit, dont le calice est voûté
en forme de casque ; les pivoines, dont le fruit
capsulaire contient des graines colorées. Chez les
renonculacées, les anthères sont adhérentes au
filet dans toute leur étendue, et par conséquent
dites adnées ; l'anthère s'ouvre sur la face tournée
au dehors de la fleur dans les espèces que nous
venons de voir, excepté chez les pivoines, où la
face sur laquelle s'ouvre la loge de l'anthère regarde l'intérieur de la fleur, comme vous pouvez
le remarquer, en vous servant cependant de verres
grossissants.

Les renonculacées contiennent un poison âcre
très-développé dans l'aconit. Par la dessication,
on se débarrasse en partie du principe vénéneux
de ces plantes dont les éléments sont très-volatils.

Il me semble n'avoir omis de vous parler d'aucune des fonctions relatives aux plantes. Si quelquefois, mon enfant, j'ai cru devoir sortir du
cadre que nous traçait votre bouquet, c'est que
j'ai voulu, comme je vous le disais tout d'abord,
vous montrer combien les sciences se lient et s'en-
chaînent, et comme il est difficile, en parlant
du merveilleux travail de la nature, de n'en expliquer qu'une partie. Ce serait d'ailleurs arriver à une sécheresse que ne me permet pas

l'admiration que je ressens, et que je désire vous voir partager.

J'aurais dû, peut-être, aussi vous parler des idées différentes qu'ont les savants sur la respiration de la plante. Quelques-uns, en effet, voient chez elle une véritable respiration animale; ils fondent leur opinion sur des faits que je passerai sous silence, puisque cette opinion n'a pas été généralement reçue. Et nous garderons cette idée d'équilibre que nous nous sommes plu à reconnaître partout.

Maintenant, mon enfant, allez, marchez un peu seule, apprenez le nom de ces fleurs que vous désirez tant connaître. Remarquez les plantes dans leurs détails, dans leurs caractères généraux, qui, invariables entre plusieurs espèces, constituent la parenté, et sont les caractères essentiels à la famille. Voyez comment, par des nuances, par des formes accessoires, les genres, les variétés, les espèces sont marquées.

Depuis la simple vésicule, qui commence la série des végétaux, nous avons passé par bien des phases avant d'arriver à leur complet développement. Nous avons vu comment, s'unissant entre elles, se joignant par leurs parois, ces cellules, quoique vivant d'une vie commune, conservent

encore leur vie propre qu'elles gardent même
après la séparation ; puis comment, dans une
seule plante, cette réunion de cellules n'a plus
qu'une vie commune, qui va se communiquant
des unes aux autres par des vaisseaux conducteurs
qui, d'abord non continus, arrivent, dans leur
perfectionnement, à prendre une forme cylindrique, à s'anastomoser, c'est-à-dire à s'unir, à se
souder sans discontinuité. La vie devient alors
plus riche, plus active, plus puissante; et dans
cette organisation plus complète se développent
aussi des principes organiques plus composés.

TREIZIÈME ENTRETIEN.

Tous ces principes organiques sont susceptibles d'éprouver des métamorphoses quand ils sont provoqués par des ferments. C'est ainsi que vous avez vu la diastase opérant sur un corps fermentescible, l'amidon, le transformer en dextrine ; c'est encore ainsi qu'ont lieu, sous l'action du gaz oxygène, ces combustions plus ou moins lentes exercées sur l'hydrogène et le carbone, deux corps très-oxydables, c'est-à-dire des plus prompts à se combiner avec l'oxygène, qui les transforme entièrement, et forme avec l'hydrogène l'eau, avec le carbone l'acide carbonique, termes stables et ultimes, c'est-à-dire derniers, de l'union de ces gaz. Mais cette union a des degrés successifs à parcourir ; elle peut fixer l'oxygène dans des proportions plus ou moins fortes ; de là, ces composés variés : les matières sucrées, les alcools, les éthers. La science dispose déjà de données certaines sur la nature de quelques fermentations. Parmi les ferments, quelques-uns sont solubles dans l'eau, d'autres insolubles, et chez ces derniers on en connaît qui sont doués de la vie animale ; tel est, entre autres, le ferment dit levure de bière, lequel se forme pendant la fermentation de cette boisson. Ce ferment est un composé de cellules vivantes d'une extrême petitesse. La levure de bière, avide d'oxygène, mise en contact avec des matières sucrées, enlève ce gaz à leurs molécules dont l'équilibre détruit subit diverses métamorphoses dues aux influences nouvelles qui se produisent. La nature opère ces transformations à chaque instant sous nos yeux. La science, dans son imitation sublime, s'emparant des éléments simples avec lesquels sont construites les matières organiques, les façonne à son tour ; et dans ses ingénieuses combinaisons, le savant a déjà conquis en partie la force productrice des organes des végétaux. Telle est, ma chère enfant, la force du savoir, cette royauté absolue devant qui tout s'incline.

Voilà, en petit, l'histoire de votre bouquet. Que

de choses il me resterait à vous dire, et combien l'avenir nous réserve de secrets ! Ah ! qui peut savoir si, pièce à pièce, ne sera pas refaite la fleur charmante que nous admirons ; qui peut savoir même si Dieu ne nous permettra pas un jour de comprendre tout ce que recèle notre globe.

Et si vous êtes trop jeune encore pour vous élever dans ce monde de pensées, qui devine l'avenir, qui est l'aurore d'un jour nouveau, au moins habituez-vous à ne pas rester indifférente devant les richesses, les beautés partout semées avec profusion. L'homme seul, dans son ignorance, a créé le mal qui parfois l'accable ; mais Dieu, dans sa sagesse infinie, n'a pas mis en nous ces aspirations vers le bonheur pour qu'il ne nous fût pas connu. Je vous dirai donc en terminant, comme quand j'ai commencé : travaillez, car la science seule a le pouvoir de donner cette sagesse qui garde des erreurs, et d'accorder la véritable liberté, une grande chose et un mot magique avec lequel on remue les peuples, avant même qu'ils en aient compris la signification. La véritable liberté, mon enfant, quand votre âge vous permettra de la comprendre, vous verrez qu'elle réside en nous ; elle est le résultat des choses acquises, la conscience de notre dignité, la puissance que nous exerçons sur nous-mêmes. Voilà comment la liberté doit être comprise ; pour qu'elle arrive à tous, il faut qu'elle appartienne à chacun en particulier.

Ce soir, pendant cet entretien que j'ai encore avec vous, le parfum de vos fleurs arrive jusqu'à moi : l'aimerai-je moins parce que je saurai ce qui le compose ? Oh ! non ; j'admire bien plutôt cette grandeur dans la simplicité des moyens, cette force qui ne craint rien et se laisse deviner.

Pendant que je vous parle, les étoiles paraissent au ciel, illuminant de leurs constellations l'horizon qui fuit et s'agrandit comme pour avertir qu'il est infini ; elles projettent des scintillations magiques dont les éclats vont éclairer des mondes inconnus. Eh quoi ! tout ce que ce firmament étoilé montre de soleils à nos yeux n'est donc encore qu'un point dans l'espace infini ! La tête tourne et s'émeut devant tant de puissance. Mais tout n'est-il pas grandeur ? Les soleils, les mondes, les fleurs, les gaz eux-mêmes, tout est semblable devant la loi unique du Dieu créateur.

Châteauroux, Imp. Ve Migné.

www.ingramcontent.com/pod-product-compliance
Lightning Source LLC
Chambersburg PA
CBHW071104260626
47162CB00006B/2206